21490

ÉPITRES

SUR MARSEILE.

ÉPITRES

SUR

MARSEILLE.

Première Livraison.

PRIX : 50 CENTIMES.

MARSEILLE ,
SE TROUVE CHEZ TOUS LES LIBRAIRES.

1842.

Préface.

—

Ces épîtres ont été composées dès l'année 1840 et 41, époque où tant de projets, tant de mouvements agitèrent notre ville. J'eus la fantaisie de consigner en d'espèces d'annales rimées les divers faits qui se passaient sous nos yeux.

Les premières épîtres qui ont été faites, témoignent en ce jour de certains plans qui ont été modifiés, ou bien de quelques projets qui ont été changés. Les divers changements qui peuvent survenir dans l'ordre des choses projetées ne sauraient détruire le mérite des notes que l'on peut prendre pour faire un Mémento particulier.

En donnant aujourd'hui de la publicité à ces chapitres en vers, je ne me dissimule pas la grandeur de mon audace. On ne manquera pas de dire que n'étant pas homme de lettres, je me suis chargé d'une tâche qui accablera mes forces. Oh! soyez tranquilles; mes prétentions sont bien humbles; je ne propose point de souscription. Il faut avoir un nom connu par des antécédents et n'être pas en province, pour se faire annoncer et être sûr de quelque succès. Je me borne à présenter mes livraisons tout comme on présente un almanach au public. L'almanach est plus utile, sans contredit; mais si j'étais assez heureux que d'offrir un tant soit peu d'agrément, on pourrait réunir les livraisons, en faire un volume, et plus; enfin un petit ouvrage. C'est ce que je souhaite.

ÉPITRES

SUR MARSEILLE.

———

Introduction. - 1840.

Au temps où nous vivons, nombreux sont les esprits
Qui sont de nouveautés joyeusement épris :
Esprits d'enthousiasme, exaltant sans mesure
Tous les projets du jour conçus à l'aventure ;
Lorsque quelqu'un d'entr'eux vient à s'effectuer
Leur souveraine joie est de s'évertuer
A qui mieux prouvera que le bonheur du monde
S'accroît rapidement de seconde en seconde.
En effet ; et la preuve est que dans les cités
On voit sur mille plans bâtir de tous côtés.

Il semble, d'après eux, que la moderne époque
D'être trop à l'étroit se lamente et suffoque,
Qu'il lui faut plus d'espace, et pourtant les maisons
Qu'à la hâte on construit sont sans locations.

N'importe.... en attendant les nouvelles familles
Qui doivent arriver, agrandissons nos villes :
Le siècle des maçons est le siècle du jour ;
Il faut s'y résigner, chaque siècle a son tour.

Le temps marche à grands pas, après une heure une autre,
L'époque qui n'est plus a fait place à la nôtre,
Tout s'use et se succède, il faut renouveler,
Contre la destruction on doit se rebeller.
Ainsi que le caillou que le torrent entraîne
Se lisse en se roulant des hauteurs vers la plaine,
Les générations vont en se polissant ;
Tant pis, si leurs besoins s'en vont toujours croissant.
A qui la faute, au reste...? Et n'est-ce l'évidence
Que tout fait avec soi porte sa conséquence....!
Or, en ce jour, Marseille éprouve les bienfaits
Qu'avec l'appui du Ciel donne une longue paix ;
Marseille doit alors dans cet état prospère,
Oublier ses revers, réparer sa misère ;

Pourquoi songerait-elle à répandre des pleurs,
Quand tout semble éloigner le retour des malheurs.

C'est l'heure maintenant, du moins en apparence,
Que pour fraterniser le genre humain s'avance.
L'être civilisé de toute nation
Ne pense qu'à s'adjoindre à la sainte union.
Dès-lors plus de combats, plus de fantasque haine ;
On se cherche, on s'appelle, au bonheur on s'entraîne ;
Chacun chez soi pourvoit pour se répandre au loin
Et fournir comme frère au mutuel besoin.
On innove à grands frais, à grands efforts d'audace,
Pour allonger la vie on rapproche l'espace.
Les jours que l'on passait en de voyages longs
On les vivra de plus par ces moyens si prompts.
L'univers est moins grand, alors que l'homme avance,
Sous ses pas de géant s'efface la distance.
Ah ! que du moins, ce soit toujours pour le bonheur,
Pour l'éternelle paix, saint aliment du cœur.
Bâtissez donc, maçons, agrandissez les villes,
Sans doute avec le temps s'accroîtront les familles.
Bâtissez, bâtissez.... du centre éloignez-vous ;
Les nombreux omnibus ne sont-ils pas pour tous !...
Tracez des boulevards, aventurez vos bourses

Pour nous faciliter d'interminables courses.

Allez, ne craignez rien, car si vous restez courts,

N'importe, les maisons demeureront toujours ;

Bâtissez à l'envi, sans calculer la marge,

Mettez-vous à l'étroit pour nous mieux mettre au large.

Un jour Marseille aura ses docks et son canal ;

Et tous vos acquéreurs n'en diront pas du mal.

Pour moi je vais tenter d'écrire des chapîtres

En bénévoles vers sous la forme d'épitres,

Pour charmer les loisirs de mes moments perdus

Et chercher le bonheur, hélas ! que je n'ai plus.

PREMIÈRE ÉPITRE.

Un Mot sur Autrefois.

Bien avant que Puget, cet illustre génie,
Eut conçu d'embellir Marseille, sa patrie,
La ville, circonscrite entre ses vieux remparts,
N'offrait qu'un triste aspect aux désireux regards.
Des rues à l'etroit, et des petites places,
Point de cours ombragés, point de riants espaces,
Quelques arbres plantés sur des carrés mesquins
Étaient tout l'agrément permis aux citadins.

Telle était la cité qui par sa hardiesse
Avait porté si loin l'essor de son commerce
On ne s'y piquait pas de goûts volupteux,
Rien n'avait de l'éclat, rien n'était somptueux.
Mais au sein du négoce et de ses exigences

On avait du loisir pour aimer les sciences.

Les Marseillais actifs et grands spéculateurs

Redoutaient tout plaisir qui peut changer les mœurs.

Ce que je dis vraiment, est de l'histoire ancienne;

De ces temps à Puget, plus d'une méridienne

Se fit paisiblement, sauf quand l'occasion

Ne poussait pas le peuple à l'insurrection.

Alors, comme on le sait, quelquefois par la rue

Il courait se pressant, et criant tue et tue,

Pour le choix d'un seigneur, ou pour sa liberté,

Toujours capricieux, et brusque par fierté.

Oh! quelle duperie....! Ah! parlez quand les villes

Sont pleines d'habitans, charmés d'être tranquilles,

Et qu'il n'est question que d'embellir les lieux

Où le Ciel les fit naître ainsi que leurs ayeux.

Quand un peuple est puissant, la ville qu'il habite

Décèle sa splendeur, sa force et son mérite.

Jadis les Marseillais, en grecs entreprenants,

Ne furent dans leurs murs qu'un peuple de marchands;

Ayant de bonnes loix et vivant de mœurs sages;

De leur simplicité restent les témoignages,

Car nulle ruine dit à l'œil observateur

Que l'on avait chez eux le goût de la grandeur.

On y pouvait aimer avec la même instance
Par un effet bizarre et l'or et la science,
Mais il paraît certain que parcimonieux,
On boudait aux beaux arts comme dispendieux.
Amasser des trésors était la grande affaire,
Quant à des monuments, on ne voulait en faire ;
On doit le supposer, puisqu'on ne trouve pas
Un signe qui proteste en déni d'un tel cas.

Aristote a loué, l'antique Massilie,
S'inscrire contre lui, ne serait-ce folie....?
Par respect pour le lieu qui fut notre berceau,
Exaltons le vieux temps aux dépens du nouveau.

Ainsi donc, quand Marseille était en république,
Qu'importe qu'elle n'eût en soi rien d'hellénique,
Et parût une ruche où des logis placés
Étaient confusément l'un sur l'autre entassés.
Sœur de Rome on la dit, et faut-il bien le croire,
Quand on la nomme ainsi d'après l'auguste histoire.,
Et qu'authentiquement il est très bien prouvé
Qu'elle était des vertus le modèle trouvé.

Telle, elle était célèbre et des Gaules l'Athène,
Elle était sans rivale et dominait en reine

Par ses enseignements, par sa prosperité

La douceur de ses mœurs et leur simplicité.

Dans ses temples brillaient appendus les trophées

Pris sur les ennemis vaincus par ses armées,

En paix, chacun chez soi contemplant ses trésors

Y trouvait la patrie oubliée au dehors.

S'il faut croire, pourtant, pour excuser l'absence

De ce qui marque ailleurs un signe de puissance,

Que les flots de la mer chez nous ont empieté,

Et qu'ils ont pris leur part de l'antique cité,

Que des peuples jaloux de son état prospère,

Contre elle sont venus deployer leur colère,

Et, qu'en vrais furieux, dans leurs emportements,

A peine ils ont laissé les simples logements.

Croyons. —- La vérité que l'on ne peut produire,

On peut la supposer sans quelle puisse nuire,

Quand pour la constater souvent, dans plus d'un cas,

Même l'esprit subtil trouve des embarras.

Lorsque après les fleaux de la guerre ou la peste

Si fréquents autrefois.. .. l'histoire nous l'atteste,

La population à l'envi s'augmentait

Par les gens de tous lieux qu'un bon site invitait;

Alors, pour qué chacun pût loger dans la place,
On reculait les murs sur un plus grand espace,
Et l'on continuait, lassés de ces efforts,
A n'embellir les lieux par les moindres décors.

Autre temps, autres mœurs, cette lésinerie
Disparut à la voix d'un homme de génie.
Un généreux élan maîtrisant les esprits
Voulut au lieu natal donner un plus grand prix,
Et l'on créa le Cours, cette belle avenue
Qui, si Puget l'eût pu, charmerait mieux la vue.
Les obligés remparts rejettés plus au loin
Firent que la cité fut marquée au bon coin.
La preuve qu'on sortait de la commune ornière
C'est qu'on joignit au Cours la large Canebière,
Et que le nouveau plan de projet gracieux,
Dota notre pays de grandioses lieux.

EPITRE DEUXIEME.

Le Cours.

Il manquait au vieux Cours qu'ombrageaient de grands arbres
De jaillissantes eaux, de mémorables marbres,
De clairs et pleins ruisseaux coulant sur le gazon,
Pour plaire au citadin sortant de sa maison,
Il y fallait surtout que la haute pensée
De notre grand Puget n'eût été delaissée,
Et que son vaste plan qui, l'eût rendu si beau,
N'eût ressenti les coups de l'échevin Lagneau.

Honte à lui pour avoir suscité la cabale
Qui cracha sur le front de sa ville natale
Qui la priva d'avoir, sur l'élegant dessin,
Le lieu tel que Puget l'avait en son dessein.

2

Tel qu'il était pourtant, il était bien encore ;

Lorsque la canicule en son feu qui dévore,

Autour de nous brûlait et la terre et les eaux

On trouvait la fraîcheur à l'ombre des ormeaux.

Ces arbres vieillissaient et devenaient malades ;

Tout arbre vermoulu gâte les promenades.

Au lieu de les changer, on a trouvé bien mieux

D'ouvrir aux promeneurs la pleine ardeur des cieux (1).

On dit que c'est très bien, que c'est du grandiose ;

Je ne saurais pour moi dire la même chose ;

C'est trop vaste, et trop nud, et j'aimais mieux cent fois

Au cœur de la cité trouver l'abri d'un bois,

Que d'être brulé vif, inondé de lumière

Et couvert de sueur, sali par la poussière ;

Ou bien tourbillonné sous des grands coups de vent,

N'ayant que la blancheur des façades devant.

C'est vraiment trop d'éclat pour ma trop faible vue

Et le plaisir que j'ai c'est d'avoir la berlue....!

Passe pour ce plaisir, dont je dirais merci,

Si l'art n'exigeait pas que le Cours fut ainsi.

---

(1) C'est en 1841 qu'on y a planté d'autres arbres, c'est en 1840 qu'on projetait de le rendre une grande route.... quel goût....!

On cite à ce sujet que dans la noble Rome

Le Cours est nud de même et n'offre rien à l'homme

Qu'un sol spacieux, flanqué par des maisons,

Où l'on goûte à souhait la rigueur des saisons.

C'est charmant, si l'on veut, quant à moi je préfère

L'ombrage dans l'été. Ce qui me désespère

Est qu'en nos chauds climats ou l'on brûle toujours

On ait à fond détruit les agréments du Cours.

Là nous avions du moins, aux portes de nos gîtes,

Un lieu de rendez-vous ayant ses vrais mérites,

Où les jeunes, les vieux, les hommes de loisir

Et les infirmes même y trouvaient le plaisir.

C'était un centre gai pour notre grande ville

Où l'on venait toujours par un accès facile,

Où l'on se promenait sans la prétention

Qu'on met en promenant dans les lieux de bon ton.

Le peuple s'y trouvait dans ses grands jours de fêtes,

Et de la porte d'Aix on ne voyait que têtes,

Mais on voyait aussi la cime des ormeaux

En voûte disposer leurs verdoyans rameaux.

Ah! que c'était joyeux, surtout les matinées

Qui du beau temps d'été commencent les journées;

Du sein de la verdure on entendait les chants
De mille passereaux qui se croyaient aux champs ;
Et l'on était chez soi, car ce n'était la peine
Que l'on pouvait avoir.... on s'y rendait sans gêne.
Au lieu que maintenant, pour goûter la fraîcheur,
Il faut aller bien loin et se mettre en sueur.
Encore dans ces lieux qu'aux promeneurs on laisse
Nul mouvement s'y voit, tout est dans la paresse,
On s'y trouve isolé... dès lors l'ennui survient,
On va sans trop savoir la marche que l'on tient.
Sur le Cours au contraire, à la même minute
Le promeneur oisif était toujours en butte
A des cas imprévus, sa curiosité
A l'instant saisissait cette variété.
Ce n'était pas l'endroit où les gens du beau monde
Comme un essaim brillant s'y rendaient à la ronde ;
C'était l'endroit de tous, ou riches, malheureux,
Ensemble on s'y trouvait, natifs des mêmes lieux.

Pauvres habitués, vous êtes en déroute,
Puisque de votre Cours on va faire une route,
Mais réjouissez-vous, vous pourrez bientôt voir
Sur chacun des côtés faire un plus grand trottoir.
N'importe aux embarras que donneront les rues

Qui doivent conserver leurs mêmes avenues ;
Si vous y promenez, comme on n'en peut douter,
On veut vous y donner le plaisir de sauter.
N'est pas marquis qui veut, le citadin tranquille
Doit toujours applaudir quoiqu'on fasse à sa ville ;
Au lieu de promener, s'il faut à tout moment,
Qu'il saute, eh ! n'est-ce pas un divertissement.

Sans doute, c'est l'avis d'une bonne hygiène,
Afin que la santé parmi nous s'entretienne ;
Soyons en donc joyeux, car notre grand conseil
Jamais en fait de bien ne fit rien de pareil.
Que fait au sieur Clapier que l'habitant murmure,
En avocat têtu dans toute conjoncture,
Dans sa conviction il ne faiblit jamais,
Il est si sûr de lui qu'il se rit des essais.
Ce qu'il rêve, il le veut avec persévérance ;
Il parle, parle, parle, éblouit la séance,
Par un flux de propos quelquefois éloquents
Que l'esprit peut louer, non toujours le bon sens.

TROISIÈME ÉPITRE.

Du Prado. -- 1842.

Ce n'est plus un projet, c'est un fait accompli ;
Le vœu que nous faisions se trouve enfin rempli.
Une eau limpide et fraîche au quartier de la Plaine
Coule à plein bord venant d'une source lointaine.
On est tout réjoui de voir de clairs ruisseaux
Faire naître un gazon aux pieds des secs ormeaux,
Qui, dès ce jour, vont prendre une nouvelle vie ;
De ce fait tout récent, la ville en est ravie,
Car vraiment ce quartier, de toute antiquité,
N'offrait aux habitants que son aridité.

Disons que de nos jours, forts contre les obstacles,
De la vieille routine on brave les oracles,

Qu'il suffit qu'un projet paraisse aventureux
Pour qu'aussitôt chacun vers lui jette les yeux,
Et soit pour s'illustrer ou pour faire fortune,
On ne se remplit pas d'une crainte importune ;
Sur la gloire qu'on rêve on voit un manteau d'or,
Et pour s'en emparer on suit un noble essor.
Ennemis déclarés de la chose nouvelle,
Nos ayeux n'étaient bons qu'à lui chercher querelle,
Et qui la proposait était bien sûr d'avoir
Autour de lui grondant le peuple et le pouvoir.

Ce déplaisant aspect n'afflige plus la vue :
A tout nouveau projet la multitude émue
S'en va battant des mains examiner les lieux
Qu'un fin entrepreneur doit exploiter au mieux.
Ici, c'est le Prado qui s'ouvre à l'Obélisque
Dont Bernex a l'honneur et non pas tout le risque.
Notre conseil, ému de sa perplexité,
Comme un enfant chéri l'a doucement traité.

Du Prado, suivant moi, l'utilité douteuse
A fait que l'entreprise en est encore chanceuse ;
Car sans disconvenir que cet endroit nouveau
En tant que promenade est magnifique et beau,

Et qu'il n'existe point autour des capitales
D'allées qu'hardiment on peut citer égales ;
Pour Marseille, après tout, c'est trop avoir de champ
Pour promener à l'ombre et tout pédestrement.
Il est très vrai qu'aux gens roulant en équipage
L'espace leur manquait pour en bien faire usage !!!

Dans un siècle peut-être où l'heureuse cité
Aura triplé son monde et que chacun doté
D'une plus large part des joies de cette vie,
Aura chevaux et chars au gré de son envie,
Alors le beau Prado bâti sur tous les points,
Sera vraiment pour tous un des plus chers besoins.
En attendant ce temps, d'une riante aisance,
Il faut pour le Prado s'armer de patience ;
Car la cité, d'ailleurs, qu'on aggrandit toujours
Par rues, boulevards, places nouvelles, cours,
N'est pas assez peuplée aux heures où nous sommes
Pour fournir en tous lieux son net contingent d'hommes.

Alors que nous aurons ce bienheureux canal
Qui doit nous prémunir contre le sort fatal
De nous trouver sans eaux aux jours de sécheresse,
Quand nous ne craindrons plus une telle détresse ;

Les abondantes eaux dont nous étions privés
De mille fabricants verront les plans levés.
Sur leurs bords fortunés on fondera d'usines
Où fonctionneront de nombreuses machines.
L'industrie, en faveur de ses cuisants soucis,
En échangeant la peine y trouvera profits.

Puis le chemin de fer, auquel on peut bien croire,
Dès lors que ce projet cesse d'être illusoire,
Etant bien reconnu qu'en ne le faisant pas
La France aux nations voudrait céder le pas;
Quand, dis-je, ce chemin partant de notre ville,
Traversera les monts par un tracé facile
Et jusques dans Paris portera tout d'abord
Les chargements indiens venus dans notre port,
Qu'il fournira la Suisse ainsi que la Belgique,
Et la Prusse et de plus l'Empire Germanique,
En dépit de Trieste où Meternich jaloux
Voudrait d'un grand commerce asseoir le rendez-vous.

Messieurs nos députés dont l'attribut immense
Est de faire ou tuer les affaires de France,
Ne discourez plus tant quand Méternich agit;
Il nuit de trop parler, l'adage ancien le dit.

Votez aveuglement la loi si nécessaire
D'où dépend le bonheur, cette importante affaire ;
Quand un peuple a pour lot la triste nullité,
A quoi lui peut servir sa part de liberté.

A donc quand le canal viendra de la Durance
Nous procurer enfin des eaux en abondance,
Des hôtes arrivant de différents pays
S'installeront chez nous, guidés par leurs profits.
Mille nouveaux comptoirs, ainsi que des fabriques
Aussitôt surgiront par les effet magiques
De la position que le chemin de fer
Rendra si florissante aidé par notre mer.

Mais jusqu'alors, Bernex, ta belle promenade,
Utile seulement pour quelque cavalcade,
Ne verra pas bâtir les élégants hôtels
Qui servent de refuge à tant d'heureux mortels,
Ses quelques restaurants , placés en petit nombre,
N'y verront pas grand monde et languiront dans l'ombre.

Quoique touchant la ville on peut bien sans rigueur
Blamer de ses beaux cours l'excessive longueur.
Dès l'entrée au rond-point il faut marcher une heure ,

De là jusqu'à l'Huveaune une autre l'on demeure,

Et lorsqu'on a bien vu, l'Huveaune avec la mer,

Ainsi qu'on est venu il faut se retourner.

Est-ce là promener, non, c'est forcer la goutte

Et trouver son plaisir à feindre d'être en route ;

On me dira soudain prenez un omnibus,

Faites donc comme nous et ne vous plaignez plus,

Ou bien si le Prado, trop long vous peut paraître,

Ne poussez pas si loin, vous êtes bien le maître.

C'est très bien, au rond-point qu'ai-je donc tant à voir ?

La mer est attrayante et surtout un beau soir,

Et puis l'épais feuillage en dôme sur ma tête,

Cet éclatant rideau de verdure si nette,

Cet azur de la mer, si chatouillant aux yeux,

M'excitent vivement à parcourir les lieux,

Et je marche, je marche, et dans cette aventure

Je ne suis pas le seul à la sotte figure

De m'être fatigué sans rencontrer un banc

Pour délasser mes pieds et reposer mon flanc.

Je me souviens pourtant qu'aux jours de mon jeune âge

Je regrettais beaucoup qu'on n'eût ici l'usage

D'un lieu moins circonscrit que ne l'étaient tous ceux

Servant de promenade et si près de nos feux :
Alors j'aurais voulu qu'une belle prairie
Pût offrir sa fraîcheur et son herbe fleurie
A l'homme fatigué du tumulte assommant
D'une grande cité toujours en mouvement ;
A l'homme qui, voulant sortir de sa retraite,
De la foule trouvait l'affluence indiscrète
Sur chacun de ses pas, et qui, pour l'éviter,
N'avait que des chemins poudreux pour s'abriter.
Encore ces chemins conduisant aux bastides
Sont-ils flanqués de murs, blanchâtres, insipides.
Le pauvre philosophe était alors contraint
De revenir trouver l'objet qu'il avait craint,
Ou bien de persister en paix dans sa demeure
Depuis le point du jour, jusqu'à la dernière heure,
A moins que, pour sortir de ce fâcheux arrêt,
Il fût se promener au long du sec Jarret.

Je trouve, comme tous, le Prado grandiose,
L'esprit joyeux s'y plaît comme l'humeur morose ;
L'espace est abondant, et sans se coudoyer
Chacun dans tous les sens peut bien y louvoyer ;
Mais je n'ai plus vingt ans, et n'ai pas d'équipage,
Et je ne suis le seul d'avoir ce grand dommage...!
Que jeunesse et fortune aillent d'un léger pas

Sous l'ombre des peupliers prendre leurs gais ébats,
C'est maintenant trop loin , les cors me font la guerre.
Et c'est à cause d'eux Longchamps que je préfere.
J'y vais tout doucement les saints jours de repos,
Et je vois que la foule y vient encore à flots.

Sous les berceaux touffus du clos de botanique
On peut y dandiner l'humeur mélancolique,
S'écartant, si l'on veut, du gros des promeneurs,
Pour n'être pas compté comme de vrais flaneurs;
Ou bien, si par ce jour on aime à voir le monde,
On peut d'un peu plus près voir la brune et la blonde;
Hors du logis le sexe a toujours des regards
Pour les jeunes bien doux, tristes pour les vieillards.
N'importe, quoique vieux, aimons à voir les belles;
Cela n'expose pas à trouver d'infidèles,
Et s'il leur plaît de rire à notre pauvre aspect,
Pensons que leur gaîté nous voile leur respect.

Ah ! laissez-nous passer, jeunes beautés rieuses,
Car nos prétentions ne sont ambitieuses;
Laissez-nous donc passer sans vous moquer de nous,
Pour vos amants gardez l'attrait de vos yeux doux;
Voyez-vous ces bosquets dont l'agréable ombrage

Est frais et ravissant comme votre visage,
Eh bien! tous ces bosquets, qu'embellissent des fleurs,
De variés parfums et de mille couleurs,
Nous n'y saurions toucher, mais nos yeux les admirent,
Sans que pour les cueillir nos pauvres cœurs soupirent,
Vous êtes fleurs pour nous, et nos prudentes mains
Craindraient de se piquer en de hardis larcins.

C'est bien assez, ma foi, que le poids des années,
Fardeau qu'on ne conçoit aux heures fortunées,
Nous ait par sa lourdeur tout sourdement conduit
Vers les bords redoutés de l'éternelle nuit;
Mais si nous sommes près de ce fâcheux rivage,
Vous vous en approchez chaque jour davantage;
Ah! sans nous persifler, laissez-nous admirer
La beauté que le temps viendra vous retirer.

De ces tristes pensers, folâtres demoiselles,
Vous craignez d'occuper vos légères cervelles;
Comme un joyeux essaim de papillons brillants
Vous vous abandonnez aux enchanteurs élans
Des adorables jours donnés à la jeunesse,
Et vous ne pensez pas à ceux dont la vieillesse
Est un avis pour vous; car leur temps a passé

Comme le vôtre passe..... A cet arrêt lancé

Nul pouvoir ici-bas ne pourra vous soustraire,

Malgré vos airs si doux, si gracieux pour plaire,

Le temps arrivera que vous ne plairez plus ;

Alors vos traits fanés, et vos regards confus,

Sentiront tout le prix d'une figure amie,

Qui gardera pour vous un peu de sympathie.

Marseille. — Imprimerie de Marius OLIVE, rue Paradis, 47.

L'Auteur des Épîtres sur Marseille

A SES CONCITOYENS.

MESSIEURS les Marseillais qui, d'une humeur tranquille
Vaguez indolemment au sein de notre ville,
Qui, sans émotion, sans désir curieux,
Heurtez les nouveautés offertes à vos yeux !...
Qu'est-ce donc, beaux messieurs, que cette indifférence
Pour un petit écrit reçu par le silence ?
Savez-vous bien que j'ai rancune contre vous,
Méchants, et que mon vers peut s'armer de courroux ?
Hauts et puissants seigneurs de notre bourgeoisie,
Pourquoi donc ce dédain de toute poésie,
Et pourquoi cet accueil plus glacé chaque jour,
A l'humble chant sorti du luth du troubadour ?
Oh ! vous auriez cru faire une grande merveille
De lire un seul des vers des lettres sur Marseille !
Vous êtes cependant, en votre opinion,
Bons Marseillais pur sang et de conviction.....

Je vous en félicite ; eh ! veuillez donc me dire
Si tout autre que vous eût fait action pire,
N'ayant pas vu le jour dans ce même pays ?
Qu'aurait-il fait de plus ? Certes dans son mépris,
Il eût, ainsi que vous, dédaigné cet ouvrage
Dont l'annonce apparaît, simple, sous le vitrage.
Apathiques mortels, qui ne concevez pas
Ce que la sympathie a de charme et d'appas ;
Qui, froids et retranchés dans un sombre égoïsme,
Ne voyez les objets qu'au travers de ce prisme,
C'est à vous que j'en veux pour m'avoir condamné
Et, sans me lire au moins, m'avoir abandonné.....
Votre compatriote a bien le droit, je pense,
De lancer à son tour son amère sentence.
Quoiqu'il n'ait pas l'honneur de posséder un nom
Glorieux de prestige et d'illustration.....
Qu'anonyme surtout, vous le teniez peut-être
Incapable aujourd'hui de faire œuvre de maître,
Cela ne défend pas à tout vrai Marseillais
D'encourager du cœur quelques légers essais...

Pourquoi, Messieurs, pourquoi cette sotte apathie
Qui vous fait dédaigner l'écrit sur la patrie ?
Pour n'être point parfait, on peut avoir du sens,
Être même agréable aux bénévoles gens.

Ainsi donc, armez-vous de cette bienveillance
Qui donne aux actions un parfum d'obligeance
Si doux à respirer, au lieu que la hauteur
Torture et fait saigner le trop sensible cœur.
Abandonnez l'humeur qui, par trop dédaigneuse,
M'oblige à vous rimer cette épître grondeuse :
Veuillez vous enquérir de cet écrit nouveau,
Peut-être vaut-il mieux que n'indique le sceau;
Brisez-le hardiment et prenez connaissance
Des épîtres du jour, œuvre de circonstance.
J'en vais donner la suite, et si je fais plaisir,
D'autres viendront encore au gré de mon loisir;
Mais, de grâce, aidez-moi, soutenez mon courage,
Car ce n'est pas fort gai pour l'auteur d'un ouvrage,
Quand, sans trop s'informer du mérite qu'il a,
Par excès de dédain on vous le plante là.

QUATRIÈME ÉPITRE.

Réminiscence. -- 1840.

Qui depuis cinquante ans n'a vu notre pays,
Aurait à son aspect des yeux bien ébahis......
Combien d'extension a pris la jeune ville !
Et qui l'aurait prévu serait vraiment habile.....
J'ai vu, dans mon jeune âge, aux lieux des boulevards,
Des décombres en tas, débris des vieux remparts.
On jouit aujourd'hui de belles promenades
Sur le sol dégradé de ces lices maussades.

Au fort de Notre-Dame on ne pouvait monter
Sans craindre le péril de se précipiter........
L'accès en est facile; on peut, à l'aventure,
Y monter, si l'on veut, doucement en voiture.

Du roc que surmontait la tour d'un vieux moulin
On a fait un bosquet, aérien jardin,
Où le soir, aux beaux jours, en essaim qui bourdonne,
Le beau sexe circule autour de la Colonne,
Et du golfe azuré respirant la fraîcheur,
Goûte joyeusement un tranquille bonheur.

Ailleurs, on voit partout des maisons élégantes
Dont, faute d'habitants, on ne perçoit les rentes.
N'importe, ces maisons ornent de jolis cours,
Colliers de la cité qui s'agrandit toujours.

Si Charles Delacroix, ce proconsul honnête,
Que l'on aimait si peu, qu'à cette heure on regrette,
Nous fut resté toujours..... Marseille en ce moment
Aurait un autre aspect de bel alignement.
De ses anciens quartiers renouvelant les rues,
Il les eût sillonnés de droites avenues,
Afin qu'on ne vit plus dans la vieille cité
D'un sombre carrefour la tortuosité.
Il portait en son cœur pour notre grande ville
L'affection qu'un père éprouve pour sa fille.
D'elle toujours rêvant, il voulait l'embellir,
De progrès en progrès brillante la grandir ;

Outre les boulevards, il fit parer encore
Ce chemin que l'ormeau de son ombre décore,
Et que la multitude enrayait tout d'un trait
Pour descendre aux Chartreux ou côtoyer Jarret.
Pour s'arrêter chez Schmitt ou visiter Sarrette
Et goûter le loisir que donne un jour de fête.
Ce ne fut que plus tard que l'ogre Thibaudeau
Nous fit d'un plat jardin l'impérial cadeau;
Encore fallait-il que la foule étonnée
Ne le vît qu'au travers de la grille fermée.

On te doit l'obélisque, élégant monument,
Infâme Thibaudeau, mais c'est fâcheux vraiment!...
Car chez nous à jamais sa présence rappelle
Ton dur proconsulat, époque si cruelle,
Et par lui ton vil nom, redit avec terreur,
Réveille notre haine et toute notre horreur.
Ah! je suis désolé qu'on te doive la rue
Qui s'ouvrit tout-à-coup en merveille inconnue;
Puis ce prolongement que tu lui procuras
Fait qu'aujourd'hui le goût murmure et n'en veut pas (1):

(1) Il faut penser qu'un jour sa perspective ne sera plus obstruée par cette maison de campagne qui est comme un tas de pierres dans une belle allée, et qu'on a bien sottement laissé bâtir, depuis l'époque de la grande ouverture.

C'est une belle ligne et droite et spacieuse ;
Est-ce du Paradis la route gracieuse ?.....
En la nommant ainsi, le point est bien certain,
Au terme on devait voir un ravissant jardin.

N'est-ce pas qu'en ces lieux un essai d'Elysée
Serait très bien placé, sur une voie aisée ?
Il y faudrait trouver des bosquets, des ruisseaux,
Des ombrages touffus, et mille chants d'oiseaux ;
Car sous notre beau ciel, de teinte enchanteresse,
Il manque un souvenir de l'immortelle Grèce :
L'aridité s'y montre et l'art nous fait défaut ;
Trop de lésinerie en nos conseils prévaut.
L'amour du lieu natal..... où donc le reconnaître ;
C'est l'or que nous aimons... Certes ! quel digne maître !
Heureux de l'entasser jour par jour, peut-on bien
Embellir son pays qui ne possède rien.

Ainsi, le Lazaret, la Chambre de Commerce
Possèdent un trésor, d'où nul denier ne perce,
Tout est pour l'agiot, et bien rare est le cas
Qu'un don soit consenti par ces gardes-ducats.
Pour notre esprit public c'est un fâcheux exemple ;
Aussi dans la cité tout marche sans ensemble ;

Sur notre sol poudreux nous vaguons sans amour
Comme des voyageurs, des pèlerins d'un jour.....
Eh! que nous fait à nous que les caisses publiques
Aient des millions d'or en valeurs numériques,
Si de tant de richesse il ne nous est permis
De voir les bons effets sur notre cher pays?

Pourtant le nouveau port que l'on nous vient de faire
Du Commerce a reçu l'appoint auxiliaire.
C'est qu'un port est utile, et chez nous la raison
Est pour l'utilité... Sans elle rien n'est bon.....
De plus, notre conseil, sans être trop frivole,
Veut bien à l'agréable accorder son obole,
Et le cours de Puget, baptisé le Prado,
Par les mains de Bernex a reçu son cadeau.

Mais on n'est pas toujours si doux et si facile
A qui se compromet pour embellir la ville.
Quand notre Nicolas, dans le quartier Breteuil
Attaque les rochers avec un noble orgueil,
Qu'à ses risques et frais, il creuse des passages
Et dote tous ces lieux d'immenses avantages,
Certe, il est naturel qu'un honnête profit
Soit son secret moteur..... Eh bien c'est un maudit!

Sur cet homme de cœur, que veut la malveillance?
Pourquoi le rejeter s'il demande assistance,
Entraver à l'envi ses opérations,
L'accabler sous le poids des obligations!....
Quels encouragements..... Le siècle de lumière
Nous montre bien des gens, pataugeant dans l'ornière!

Je ne sais, mais on dit qu'en de sombres tripots
Certains hommes naguère épris des gros fagots,
Avaient imaginé de faire un mur d'enceinte
Pour y trouver leur compte, à l'aide d'une feinte.
Dans une bande noire habilement cachés:
A ce vaste projet ils s'étaient accrochés.
Oh! les rusés malins! mais toutes leurs mesures
Furent mises à jour par des recherches sûres :
On connut tous leurs plans, et leurs projets d'achats
Pour des propriétés dont ils ne parlaient pas.
C'était pour les revendre et faire leurs affaires
En leurrant l'acheteur de cours imaginaires,
De boulevards riants, dont on n'aurait jamais
Pour des raisons qu'on sait, tenté que des essais.
Le mur d'enceinte était l'unique point de mire. .
Eh! le fallait-il bien, afin de circonscrire
Tant de terrains compris dans la vaste cité

Dont il aurait fallu trouver l'utilité.

Quand je vois dans le centre étudier l'espace,

Détruire des jardins et sur leur même place

Construire, édifier, alors je dis c'est bien.

Ce ne sont pas des plans auxquels on n'entend rien.

Chaque particulier dirige son ouvrage;

C'est pour lui qu'il travaille et dans son avantage.

Mais lorsque tout-à-coup, sans qu'on y songe , hélas !

Un grand projet surgit avec pompeux fracas,

Avant que d'approuver, défions-nous d'un piége;

Il faut pour bien s'asseoir examiner le siége.

De nos donneurs de plans sachons nous méfier;

Celui qui rit le mieux est le rieur dernier.

Tian révéla , puissant de mordante ironie ,

Du plan de ce grand mur toute la félonie;

Mais si moins avisés, séduits par des discours,

On eût à ce projet laissé son libre cours

Nous eussions vu soudain lancés dans la carriere,

Tels et tels étaler leur face à la lumière,

Et les exploitateurs de ce rempart nouveau

Auraient entassé l'or en monstrueux monceau.

Ah! de la bande noire illustrissimes hommes,

Vous seriez-vous montrés, rigides, économes

Pour l'emploi des deniers du domaine public....?

Pas plus que dévoués aux intérêts du fisc!!! (1)

Vous vous seriez repus; quand l'homme de courage

Qui poursuit dignement un difficile ouvrage

Est boudé, quand jamais on ne rencontre admis

A ses hardis travaux d'officieux amis.

Chave à son tour aussi connut cette misère :

Qu'a-t-on fait pour le bien de sa Cité Bergère...?

Rien...! Ne savons-nous pas qu'il n'en est nul besoin?

Que lorsqu'on marche seul on ne peut aller loin?

Ah! dans notre conseil où siége le mérite,

On se laisse parfois aller un peu trop vite,

Et cet empressement à cheoir dans le panneau

Semble indiquer des gens derrière le rideau.....

---

(1) On sait que ce mur d'enceinte avait été proposé pour que la recette de l'Octroi fût plus forte.... Heureux prétexte !

CINQUIÈME ÉPITRE.

De la Bande Noire. -- 1840.

POURQUOI désigne-t-on du nom de Bande noire
Cette société dont on ne sait l'histoire?
Serait-ce de voleurs une réunion
Ou d'autres gens suspects dans leur condition?...
Bien loin de là, ce sont des hommes de mérite,
Car richesse et vertu toujours ont même gîte,
On le sait, et c'est mal de dénommer ainsi
Maint visage qu'à tort le public a noirci.....

Or, que l'on sache donc si l'on veut s'en instruire,
Que tous ces beaux messieurs ne sont pas gens à nuire;
Ils veulent seulement, exploitant leur tas d'or,
Trouver des moyens sûrs d'accroître leur trésor.

S'ils gardaient devers eux, enfoui dans la terre
Tout ce qu'ils ont acquis, cela ne siérait guère;
Nul n'en profiterait, au lieu qu'en l'employant
Ils font du bien à tous en se désennuyant.

D'abord pour réussir à faire quelque chose
Ils ont dans leurs projets plus que du grandiose,
Ils montent hardiment vers le prodigieux,
Abattent les cités pour les refaire mieux ;
Epiant les besoins de l'époque nouvelle,
Ils la flattent toujours, la prennent en tutelle ;
Ils creusent des canaux ou suspendent des ponts,
Comblent le terrain plat à la hauteur des monts ;
Proposent des bazars radieux d'élégance,
Puis des docks, puis des ports, sans craindre la dépense.
Jamais avec de l'or on ne fut mal venu,
Et qui marche sur l'or, marche bien soutenu!!!

Tout cède à l'influence et chacun s'émerveille
De voir s'exécuter le projet de la veille.....
Pour être actionnaire on se casse le cou,
Dût-on vider le sac jusqu'à son dernier sou.

C'est que pour que tout aille, au gré de l'espérance,
Les meneurs ont le soin d'aiguiser l'éloquence,
Et quand les choses vont au but de leurs souhaits,
Ils quittent la partie ayant leurs comptes faits.
Restent les empêtrés qui s'agitent, se meuvent
Pour sortir d'embarras le moins mal qu'ils le peuvent :
La perte étant pour eux, il est plus que certain
Que les donneurs de plans ont conservé le gain.

Le public en cela n'est pas sans avantage :
Des choses qui se font il reçoit l'héritage,
Et c'est toujours un bien, car dans ces grands conflits
Dieu veut que les puissants poussent pour les petits.
Gorgés d'or et d'argent à ne savoir qu'en faire,
Cela ne leur sied pas, et pour les satisfaire
Il leur faut entreprendre aux dépens du repos,
Sans cesse s'activer, être toujours dispos,
Dans des calculs brûlants qui dévorent la vie,
Gagner, gagner encore et combler leur envie,
Aussi donnent-ils cours à leur cupidité,
Sous le voile du zèle et de l'humanité.

Qu'ils fassent à leur gré, laissons-les se morfondre
Pour découvrir si l'œuf offre un duvet à tondre.
Du vieux monde ils nous vont faire un monde nouveau,
Tout en s'exténuant.pour engraisser leur veau.....
En aurons-nous du mal, ainsi qu'on le redoute?
Ce fait à mon avis est chimère sans doute,
Si nul fléau ne vient suspendre les progrès,
De nous sentir si vieux nous aurons des regrets.
Oh! que de merveilleux encor dans peu d'années!
Et ceux qui du pouvoir sont les âmes damnées,
Que d'or, mon Dieu, que d'or ils vont accumuler....!
Notre siècle est pour ceux qui savent calculer.

En quelque lieu qu'on soit tous les esprits fermentent:
Un avenir brillant leur rit, ils s'en tourmentent.
D'où vient que le progrès vers lequel chacun court
A certains cœurs trempés donne un mal-aise lourd?...
C'est que l'ambition remplace l'héroïsme,
C'est qu'on ne saurait plus agir sans égoïsme,
Que poussé par l'orgueil parce qu'on a de l'or
Pour dominer sur tous, riche on prend son essor;
C'est que l'intelligence adjointe à la fortune
Veut, pour utiliser un abondant pécune,

Agir, agir sans cesse, et beaucoup embrasser
Sans qu'un immense plan les puisse embarrasser.

Ils ne sont plus les temps de vague rêverie ;
Aujourd'hui la science est sœur de l'industrie.
On apprit autrefois à diriger les feux
Dont la foudre en éclats faisait trembler les cieux ;
On monta dans les airs, bercés par la fumée,
Qu'exhalait un réchaud à la gueule enflammée :
Hardi premier essai des terribles vapeurs
Que notre époque applique à tous ses grands labeurs.
On employait aussi le temps en bavardages
Pour prouver que sans Dieu les hommes sont des sages,
On attaquait sans cesse une religion.....
Dont la morale sainte est l'abnégation ;
De superbes esprits pouvaient-ils la comprendre,
Et pouvaient-ils hélas ! entr'eux-mêmes s'entendre ?
Proclamant la nature universel moteur,
En elle ils ont du monde emprisonné l'auteur ;
Pour dérober à Dieu l'anneau de sa puissance,
Ils se sont mis à l'œuvre avec persévérance ;
Et partout ils n'ont vu que des agents liés,
Agissant l'un par l'autre, en eux seuls repliés.

4

Partout, aux longs éclats d'une vive lumière,
Ils n'ont pu rencontrer que l'inerte matière;
Mais ils ont deviné quelques-uns des travaux
Qu'en aveugle elle opère en ses profonds caveaux.

Ah! Messieurs les savants, c'est bien, je vous assure,
Mais veuillez respecter le Dieu de la nature;
Redoutez pour nous tous des malheurs éclatans,
Reconnaissez le Ciel, ou songez aux Titans.
Dans vos œuvres du jour, immenses et sublimes,
Vos intérêts privés nous ouvrent des abîmes,
Et la société qu'ébranlent vos efforts
D'éprouver quelque crainte a-t-elle tous les torts?...
Que de déplacemens, grand Dieu! va-t-il se faire!
Et comment serons-nous au bout de cette affaire?
Nous osons espérer que tout finira bien :
Mais qui l'affirmera, certes, je n'en sais rien.
Vous frappez le présent à grands coups de massue :
Le présent s'en alarme et redoute l'issue
De ce combat à mort qu'il craint de soutenir
Au profit du bonheur d'un prochain avenir.
Pour vous, Messieurs, pour vous dont le brûlant génie
Se rit de nos douleurs et de notre agonie;

Heureux de vous livrer à votre avidité,
Vous décuplez votre or avec dextérité.....

Nous ne le nions pas, votre œuvre est colossale ;
Mais dans vos courts loisirs, de grâce, un intervalle
Pour reconnaître en vous les actifs instruments
Du Créateur qui pousse aux grands événements ;
Ne vous écriez pas, fiers de votre science,
Qu'auprès de vos calculs nulle est la Providence ;
Qu'elle est un préjugé non moins que le hasard ;
Que le maître du sort c'est l'homme à tout égard ;
Qu'il est un météore et que sa destinée,
Astre sans lendemain, éclate une journée,
Et qu'une fois éteint, ce n'est que le néant
Qui, terme naturel, pour son bonheur l'attend.

Certes, un tel bonheur me semble triste aubaine
Pour tant d'intelligence ; et ce n'est pas la peine
De faire tant de bruit ainsi que nous faisons.
Ah ! nous n'adoptons point de semblables raisons.
Nous croyons fermement qu'il est une autre vie
De celle d'ici-bas heureusement suivie ;
Que c'est en écoutant les lois d'un saint amour

Que nous en jouirons au céleste séjour,

Et nous aimons de même à croire avec franchise

Que celui qui nous traite ainsi que marchandise,

Qui veut nous exploiter aussi cruellement,

A le droit d'espérer son juste châtiment.

Hommes puissants du jour, avides de richesses,

Qui faites pour le bien tant de belles promesses,

En vos cœurs choyez moins cette cupidité

Qui vous rend le fléau de la société.

Nous sommes comme vous du siècle de lumière,

Et nous ne voulons pas nous traîner en arrière;

De grâces, agissez pour le commun bonheur,

Soyez moins personnels et plus hommes d'honneur.

Ce n'est pas pour vous seuls que Dieu veut qu'à cette heure

L'époque des progrès offre chance meilleure;

Ne feignez pas pour nous de tendres sentiments,

Quand vous nous étouffez dans vos embrassements.

A l'œuvre, chers messieurs, gens de la bande noire,

Faites qu'à vos vertus il soit permis de croire.

Ne nous accusez point d'être des envieux,

Lorsque nous signalons des actes odieux;

Non, ce n'est pas votre or qui nous rend si moroses;

Il est le seul levier des magnifiques choses ;

Faites-nous des canaux et des chemins de fer,

Des bazars pour la terre, et des docks pour la mer ;

Mais si quelqu'un de nous veut faire à sa manière,

Ne vous attelez pas pour le tirer arrière ;

Avant vos intérêts, c'est le bien général,

Messieurs, qu'il faut aimer, et certes c'est fort mal

De ne vous être mis dans votre bande noire

Que pour fermer les puits à ceux qui veulent boire.

SIXIÈME ÉPITRE.

Allées de Meilhan. -- 1840.

La vie est pour chacun chose bien difficile,
Il arrive parfois que poussé par la bile
En sombre misanthrope on se surprend soudain;
Sans trop savoir comment, on a l'esprit chagrin,
Et sans en rechercher la ténébreuse cause,
On sort de son logis avec l'humeur morose
Pour trouver quelque part une distraction
Aux maux qu'excite en nous l'imagination.

J'admets que ce travers qui nous brouille la tête
Au sein d'un vrai repos nous vienne un jour de fête,
Un de ces jours heureux qui pour beaucoup de nous
Pour échapper aux maux ont des moyens si doux,

Un soir que l'on arrive aux ombreuses Allées,
A l'heure où nos beautés en foule rassemblées
Etalent la fraîcheur de leurs ajustements
Et goûtent le plaisir des gais chuchotemens.
A ce riant aspect de grâces, de décence,
On a le cœur saisi de vive jouissance,
Et la morosité qui nous comblait d'ennui
Comme un rapide éclair à l'instant nous a fui.

On se sent tout à l'aise, on a la paix dans l'âme
Dans cette promenade où triomphe la femme,
Où, belle de jeunesse, ou brillante d'atours,
Elle porte en ses mains le sceptre des amours.
Comme les papillons volant dans les prairies,
On voit les jeunes gens, près de leurs fleurs chéries,
Aller de l'une à l'autre, enjoués étourdis,
Au bonheur se livrer, s'abandonner aux ris.
Souvent pour des maris et de prudentes mères
Sous ces ombrages frais circulent des mystères;
Mais pour l'observateur, paisible original,
S'il trouve à se distraire, y verrait-on du mal?

Les jours de fêtes sont pour une grande ville
A l'heure où chacun sort des fêtes de famille;

On a des lieux publics, comme dans les maisons
On a pour s'assembler de gracieux salons :
Mais ce n'est point ici par un semblant d'estime
Que l'on se réunit d'un concert unanime ;
En masse on va se rendre au commun rendez-vous
Pour y jouir de soi, pour y jouir de tous....
Les grands et les petits, chacun dans leur tenue,
Vont par groupes, mêlés en décente cohue,
Les uns gardant leur rang sans affectation,
Les autres s'élevant par imitation.

Les riches qui n'ont pas aux jours de la semaine
Les soucis des travaux, les ennuis de la peine,
Aiment aussi les jours où toute une cité
Revêt l'habit douteux de la félicité.
Car on est ainsi fait, on rit à l'apparence
Qui flatte le désir en mainte circonstance.
Comme un jour de repos semble un jour de bonheur,
On l'adopte pour tel sans redouter l'erreur.
Par la loi du travail imposée au grand nombre,
Les fortunés oisifs se perdent trop dans l'ombre,
Et parfois il leur faut le concours des petits
Pour voir que leur beau lot charme tous les esprits.
Quand ils ne sont rien qu'eux, ils sont trop en famille ;

Il leur faut l'aiguillon qui toujours émoustille,
L'aiguillon de l'orgueil pleinement satisfait
De voir naître l'envie et former le souhait.

Les petits trop enclins à ne pas se connaître
Auprès des grands aussi se plaisent à paraître;
En admirant leur luxe, ils s'imaginent, eux,
Qu'à force d'envier ils sont vraiment heureux.
Combien de jeunes gens roulent en leur pensée
Que dans le haut parage ils ont leur fiancée;
Combien de jeunes cœurs tâchent de s'attirer
Les regards d'un *Lion* afin de soupirer.....
Car les soupirs d'amour plaisent aux jeunes filles
Que le dimanche rend plus fraîches, plus gentilles,
Surtout quand leur esprit avide de romans
Se complaît à ne voir partout que des amans.

Heureux le jeune cœur qui sait le plus attendre,
Préférant le repos aux douceurs d'être tendre!
Mieux vaut la liberté que cette affection
Qui nous captive trop par son illusion.
L'amour tel qu'on le rêve est la chose impossible,
On a beau le nommer penchant irrésistible,
Tout est caprice en lui, son charme est passager;

Souvent au sentiment il demeure étranger.
Obtenir, posséder, voilà le grand problème,
Et lorsque l'on s'est plu, lorsque l'un l'autre on s'aime,
C'est que l'on s'est compris sans qu'il soit bien certain
Qu'on se comprenne encore au jour du lendemain.

Candides jeunes gens, avec votre innocence,
Vous espérez aimer toujours avec constance;
Oh! désabusez-vous!..... On aime bien toujours
Alors qu'on peut aimer..... mais pour changer d'amours.
Malheur....., sombre malheur pour une destinée,
Quand pour aimer encore on manque à l'hyménée;
Mieux vaut se pénétrer que l'amour n'a qu'un temps
Que de trahir sa foi même quelques instants.

Mais que de sorts divers!... la même promenade
Est témoin des soupirs de plus d'un cœur malade,
L'amour n'est pas toujours la cause des chagrins,
L'orgueil, l'ambition troublent bien de destins.
Plus d'un observateur dans ce monde frivole,
Autrefois avait fait le choix d'un autre rôle,
Mais le temps, ce grand maître, à force de leçons,
Détruit le prisme heureux de nos illusions;
Et tel était brillant, gracieux et volage,

Radieux d'espérance aux heures du jeune âge,

Qui grave maintenant, par les soucis rongé,

Au nombre des frondeurs s'est tristement rangé.

Sans nulle intention et tout à l'aventure

Il regarde au hasard les belles, leur parure,

Se promène... s'assied... le seul plaisir qu'il ait,

Est de montrer à tous qu'il est rêveur, distrait...

C'est très bien... mais pourquoi ce gracieux bocage,

Qui prête à la cité sa fraîcheur, son ombrage,

Dans son espace est-il sottement obstrué

Par un tas de maisons si mal substitué !!!...

Oh, vraiment nos ayeux ont dans cette occurrence

Gravement démontré leur cupide ignorance ;

Nos ayeux du conseil — parce que l'on sait bien

Que dans un pareil cas le vulgaire n'est rien.

Quelle honte vraiment !... O conseillers de ville,

Voilà de vos méfaits la preuve indélébile !...

Vous avez épargné quelques milliers d'écus,

Mais ces écus chéris, que sont-ils devenus ?

La cité n'en sait rien..... Ce qu'elle sait de reste,

C'est qu'elle a contre vous rancune manifeste.

Cette île de maisons lui pèse sur le cœur,
Excite sa colère et son mépris moqueur.

Ne serait-il pas mieux si l'une et l'autre allée
N'avaient entre elles deux cette île intercallée?
Nous aurions un bosquet, un beau parc spacieux,
Un espace ombragé qui charmerait les yeux,
Un Elysée enfin presque au sein de la ville,
Où le pauvre en sortant de son modeste asile,
Aurait pour lui des lieux semblables au séjour
Des superbes villa de nos puissans du jour ;
Ce parc de la cité serait chose trop belle,
Si la cupidité n'eût pas suivi son zèle ;
Eh bien! soyons contents, pour ce tas de maisons
Les conseillers avaient sans doute leurs raisons,
Comme, de notre temps, Clapier la forte tête,
Qui semble en son bonnet couver une tempête,
Avait aussi la sienne, en voulant qu'à tout prix
Le Cours fut à jamais sans arbres, sans abris !...

Le conseil entraîné, de sa vive éloquence
N'a-t-il pas éprouvé la bavarde influence;
Et loin de remplacer l'arbre défectueux,
N'a-t-on pas arraché le jeune avec le vieux ?

Notre cher avocat, facile à la réplique,

A jugé que le Cours est ainsi magnifique,

Et, pour que sa beauté brille dans son entier,

Il veut qu'il soit de plus un chemin charretier.

Mais il n'en sera rien, en dépit du beau sire

Qui ne fait tant de bruit que pour se faire élire,

Afin d'aller savoir dans la grande cité

Ce que peut pour Clapier faire le député.

Car lui, tout comme un autre, et pour peu qu'on le veuille,

Saura de ses deux mains saisir un portefeuille!...

Pour un si noble orgueil, brûlant d'ambition

Qu'est-ce que la province, et qu'un demi-million ?

Oh! qu'il nous laisse donc nos rares promenades,

Nous lui faisons merci de ses turlupinades;

Qu'il nous laisse l'espoir qu'avec le temps, le Cours

Sera ce qu'il était aux plus beaux de ses jours,

Alors que bien avant que l'on fît les Allées,

Le grand monde y passait de riantes veillées.

C'était, à ce qu'on dit, le rendez-vous précis

Des gens du haut parage enfants de ce pays.

Où fuit la double Allée était un champ fertile

Dont, plus tard, on voulut, pour embellir la ville,

Faire un endroit charmant, et plus charmant encor
Qu'on ne trouvait le Cours en ces époques d'or.....
Nous avons sous les yeux l'œuvre que l'on sut faire :
Cette œuvre est imparfaite et l'on ne peut se taire
A l'aspect de cette île où pour quelques écus
On eût eu de l'espace et des arbres de plus :
Les yeux ne verraient pas ces maisons entassées
Qui brisent tout-à-conp le charme des pensées.

Marseille. — Imprimerie de Marius OLIVE, rue Paradis, 47.

SEPTIÈME ÉPITRE.

Aperçu du moment.

DEPUIS les heureux jours de notre adolescence,
Époque radieuse, ouverte à l'espérance,
Mes chers contemporains, nous sommes-nous faits vieux !
Lorsque l'on aime à vivre, il est fort peu joyeux
D'atteindre avec les ans les angoisses de l'âge !...
Si nous pouvions gaîment poursuivre le voyage
Frais et toujours dispos, que ce serait charmant
D'aller fermes et sûrs jusqu'au dernier moment !

N'est-ce pas bien ainsi, dites-moi, je vous prie,
Que vous auriez conçu d'user de votre vie ?
N'êtes-vous pas chagrins de voir que chaque jour
Vous rend le cœur plus triste, et l'intellect plus lourd ?

Pour moi, c'est un ennui que je cherche à combattre,
Et pour le terrasser je veux me mettre en quatre.
Allons, du mouvement, faites donc comme moi;
Que notre âme palpite en généreux émoi.
Nos pères ont vécu; nous passerons de même :
Tel est l'arrêt fatal du Créateur suprême.....
Il faut nous résigner à nous voir dépérir
Jour par jour, et tâcher de noblement souffrir.

La terre, qu'en passant l'homme arrose de larmes,
Où pour si peu de temps il fait si grands vacarmes,
Où, paradis trompeur de son activité,
On le voit s'établir dans la propriété,
La terre doit couvrir de sa froide poussière
Ce grand dominateur frappé dans sa carrière.
De ce fait évident qui scintille à nos yeux
Ne nous chagrinons pas, car tout va pour le mieux.

Il faut le prendre ainsi, mes chers compatriotes,
En tant qu'il nous convient d'être longtemps les hôtes
De ce lieu passager; car nous savons, hélas!
Que le lot infaillible est le lot du trépas......
Que sert de maugréer de cette loi sévère
Qui fit courber le front de notre premier père?

Suivons, suivons la file, allons, marchons toujours,
Nous nous arrêterons au terme de nos jours.....
En attendant, jasons, puisqu'il faut qu'avec l'âge
On daigne nous permettre un peu de radotage.
Jasons sur ce qu'on fait, et donnons en passant
L'éloge ou l'épigramme à l'œuvre du présent.
Constatons aujourd'hui que nous sommes en vie,
En nous associant aux faits de la patrie,
Afin que nos enfants, quand nous ne serons plus,
Sachent par nos rapports ce que furent nos us;
Et ce que l'on créa dans la pensée utile
De leur laisser le legs d'une plus belle ville ;
Car les temps sont venus où l'on voit les effets
Suivre spontanément l'annonce des projets.
Certes, il était temps..., rien de plus pitoyable
Que ce que l'on voyait; si c'eût été durable,
Nous aurions à bon droit mérité les surnoms
D'ineptes babillards et de parfaits oisons.

Aujourd'hui cela va ; bien des propriétaires
Ricanent à l'aspect des pauvres locataires.
Tous ces gentils messieurs s'en vont d'un air joyeux,
Se frottant les deux mains, le bonheur dans les yeux,
Les aviser soudain qu'il leur faut à cette heure

Faire un plus fort loyer des lieux de leur demeure.

La raison, disent-ils, c'est que les changements,

Multipliés partout et presqu'à tous moments ,

Ne peuvent qu'augmenter le nombre des affaires;

Et rendre plus brillant le sort des propriétaires;

Qu'en bonne conscience il faut bien qu'à leur tour,

Ils puissent aborder la fortune du jour.

Et les rusés renards n'y vont pas de main morte,

Ils savent insister..., ou nous montrent la porte.

C'est un très grand malheur que d'être leurs rentiers.

Ils n'ont plus rien d'humain, ce sont des usuriers.

Ah ! vraiment ces messieurs sont pris d'un grand délire :

Ils ne savent comment porter la chose au pire.

Je sais de vieux garçons, ayant la mort aux flancs,

De rentes posséder cinquante mille francs,

Et tremblotter la fièvre en choyant l'espérance

D'augmenter d'un bon quart leur première opulence.

Quelles âmes, grand Dieu, que ces riches chrétiens !

Pythagore dirait qu'ils ont été des chiens,

Et qu'il leur reste encor de leur vieille nature

Les appétits abjects et l'ignoble souillure.

D'autres guidés aussi par la cupidité,

Font de leurs revenus joyau de vanité :

Ils vont dans les salons étaler leur mérite
D'avoir tiré parti d'une maison petite,
Et de lui faire rendre en leur comparaison
Bien plus que monsieur tel n'obtient de sa maison.
Quel fléau que ces gens sans cœur et sans entrailles,
Pour la foule de ceux qui n'ont ni sous ni mailles :
Commis ou commerçant, ou simple industriel,
N'ayant pour tout bien fonds que l'honneur sous le ciel.

Mais de cette rigueur il ne faut pas les plaindre :
Seuls ils en sont la cause, ils devraient savoir feindre.
Jamais en aucun temps on ne fit le fracas
Que l'on fait à cette heure ; en est-ce bien le cas ?
On met une fortune en belles devantures,
On s'installe à grands frais pour les ventes futures,
Ou bien traîtreusement voulant un magasin,
On offre un fort loyer pour nuire à son voisin.
C'est un acharnement, une sombre démence
Qui porte les esprits à cette concurrence.
Pour obtenir la vogue on brave le mépris,
C'est la vogue qu'il faut, et n'importe à quel prix ;
Et lorsque les marchands ardents à la curée,
De la soif des débits ont l'âme dévorée,
Que pour s'en procurer ils font, au goût du jour,

Un temple éblouissant du lieu de leur séjour,

Le maître du logis voyant chose pareille,

Soufle dans ses naseaux, et dresse son oreille ! ! ...

Faut-il s'en étonner ! mon Dieu, c'est naturel...

Quand sous son toit l'or brille, il lui semble formel

Qu'il doit avoir sa part de l'argent qu'on dépense

Aussi facilement, et c'est bien fait, je pense....

Qu'il en serait bien mieux, si le fâcheux bilan,

D'autre part, ne venait clore la fin de l'an.

Cela n'arrête rien, chaque homme fait sa route,

On ne veut pas mourir pour une banqueroute.

Les perdants un beau jour demeurent stupéfaits,

Ils sont accoutumés à de semblables faits.

Honneur à notre siècle où le présent s'efface

Pour faire à l'avenir une si grande place.

Est-ce un enchantement ? je suis vraiment ravi

Des incessants travaux que je vois faire ici.

Qui ne serait content, serait déraisonnable.

Frondeur disgracieux, d'humeur désagréable,

Pour moi j'éprouverais un pénible embarras

Alors qu'il faut louer, si je ne louais pas.

Lorsque la vérité frappe par l'évidence

Contre elle pourquoi donc s'armer d'outrecuidance ?

C'est le cri de l'orgueil ou de la nullité....
De notre conscience ayons la dignité !...
Laissons tous ces fâcheux sur leurs grands pieds de grues,
Bouder sur les trottoirs dont on pare les rues.
Suivant eux, c'est vouloir condamner à des frais
Les maîtres des maisons sans pouvoir dire mais....
Ce sont des frais, d'accord, mais il faut que l'on fasse,
Quand on a des maisons, quelque bien pour la masse ;
Pauvres possédant biens, sachez qu'une cité
Pour les siens doit avoir quelque commodité.

Les maisons sans trottoirs étaient parfois sujettes
A maints événements à cause des charrettes....
Le paisible habitant, dans l'urgence du cas,
Monte sur le trottoir et ne s'expose pas.
De plus, lorsque la pluie a fait surgir la fange,
Pour être moins crotté, plus à l'aise il s'arrange.
Mais les maudits frondeurs sont là, grondant toujours,
Même en voyant planter de nouveau notre Cours !...

Deux ans nous l'avons vu, dans l'été sans ombrage,
Sans abris dans l'hiver contre les vents d'orage ;
Grâce à Monsieur Clapier, il paraissait acquis
Qu'on devait lui ravir sa forme de jadis.

Le public indigné, bridant l'Hôtel-de-Ville,
A fait abandonner ce méfait inutile.
On a restreint le Cours, mais on nous l'a planté,
Malgré le Conseiller qui *noir* avait voté. . . .
Oh ! quel bonheur pour nous, nous y verrons encore
Un peu d'ombrage, alors que le soleil dévore,
Que dans la canicule ardent et lumineux,
Au zénith il flambloie, éblouissant les yeux.
Nous y verrons encor refleurir la verdure,
Après les durs hivers dont souffre la nature,
Et les premiers bourgeons annonçant le printemps
Des pauvres citadins rendront les cœurs contents.

Pour moi je tiens beaucoup à rencontrer l'ombrage
Au centre des cités comme dans un village ;
Mon goût en vaut une autre, en dépits des frondeurs
Qui n'ont d'esprit qu'autant qu'ils sont contradicteurs.
Ces superbes Messieurs, si lestes à médire
Sur la salubrité, qu'auront-ils à redire ?
Notre Maire en tous lieux, dans la grande cité,
Fait par des préposés régner la propreté.
Malgré l'exhalaison cruelle, morbifique
Que nous laisse en passant l'ambulânte bârrique,
Malgré les saletés que des vases impurs

Offrent honteusement rangés le long des murs ;
Après la moindre pluie on voit une phalange
Aller dans tous les sens pour enlever la fange,
On l'aperçoit encore, après des jours sereins,
Dans les quartiers poudreux, de longs balais en mains,
Ramassant des pavés la poussière incommode,
Et quotidiennement suivant ce même mode,
Par deux fois on la voit balayer les ruisseaux
Afin que rien n'obstrue et n'infecte leurs eaux.
Ces frondeurs sans repos pour plaire au sot vulgaire,
Disent que dans ces frais il faut penser au Maire...
C'est une platitude, une méchanceté,
Une lâche noirceur de toute fausseté.....
Ah ! qui sert le public, sert bien l'ingratitude ;
Ignorance et méfaits sont dans la multitude...
Sachons nous abstenir, par justice louons,
Et puis enfin, Messieurs, quand il le faut blâmons.

1841.

HUITIEME ÉPITRE.

Travaux du Port.

MARSEILLE en ce moment semble une fiancée,
Qui joyeuse se plaît en sa chaste pensée,
A voir tous les atours qu'on étale à ses yeux,
Et qui doivent parer ses attraits radieux.....
Oh! qu'elle sera belle au jour qui dans son âme,
Fait du plus doux espoir déjà briller la flamme!
Mais ce fortuné jour qu'on lui fait désirer,
Semble fatalement sans fin se différer.
Cependant attendons : on ne peut s'y méprendre,
D'après ce que l'on voit, l'on ne perd rien d'attendre.

De la Loge à Saint-Jean on élargit les quais,

On creuse en Rive-Neuve afin que désormais,

On puisse des radeaux utiliser la place,

Car de fâcheux rescifs y tenaient trop d'espace;

Depuis assez longtemps, mouillés loin de ce bord,

Les navires ancrés rendaient étroit le port. ...

On voit qu'évidemment vers le progrès on marche,

Que pour s'exécuter on tient bonne démarche;

Mais Dieu nous garde aussi que par empressement

On ne travaille encor sans nul discernement.

N'a-t-on pas vu déjà les eaux du Carénage,

S'ouvrir dans le bassin un si chétif passage,

Que les moindres bateaux pour cause de radoub,

S'approchaient pour entrer et n'en venaient à bout;

Que pour remédier à la mésaventure,

Il fallut à grands frais refaire l'ouverture.

Et ne peut-on penser, en voyant pareil tort,

Qu'un homme de génie est parfois un butor?

Mais voyez la sottise innée aux cœurs des hommes!

On trouve notre port par le temps où nous sommes

Quelque peu trop étroit. . . . . J'approuve la raison :

Notre temps à jadis est sans comparaison. . . .

Donc, pourquoi d'une part prend-on autant de peines,

Afin que tout navire aborde en eaux bien pleines;

Et comble-t-on de l'autre, entassant les déblais

Pour reculer les flots et faire de grands quais?

Ainsi donc s'il est vrai qu'il nous faut plus de place;

Pourquoi s'en prive-t-on; manque-t-il de l'espace...?

Certes, c'est pitoyable; il nous conviendrait mieux

Qu'au port on eût cédé franchement les quais vieux,

Et qu'on eût démoli plus avant sur l'arrière

Tous ces petits logis de forme irrégulière

Que l'on voit maintenant, non certes sans dégoût,

Malgré nos beaux projets rester encor debout.

Du coin des Augustins jusques à la Consigne,

On devait tout raser sur une droite ligne,

Laisser d'immenses quais, et devant les maisons

Faire un trottoir couvert à l'abri des saisons,

Et ce trottoir orné par une colonnade

Devait à tous présents servir de promenade.

Mais plus; on n'en dit mot... Eh. qu'importe? attendons...

L'impossible n'est pas ce que nous demandons.

Les siècles ne sont rien, ne perdons pas courage,

Les générations se suivent d'âge en âge;

Si le port tel qu'il est, reste quelque mille ans,

C'est pour donner de l'œuvre à nos petits enfants...

D'ailleurs n'avons-nous pas la charmante espérance,

Des humains l'éternelle et seule jouissance...?

Car on est plus heureux par l'attente d'avoir,

Qu'en possédant le bien qu'on aimait à prévoir...

Alors qu'on nous promet, notre esprit se délecte

A retracer cent fois le projet qu'il affecte;...

C'est à recommencer, c'est un plaisir sans fin...

Eh bien! jouissons donc de ce plaisir bénin;

Que nos désirs brûlants que l'illusion flatte

Contemplent l'avenir sans préciser la date...

Qu'ils admirent au loin comme ouvrage achevé

Ce que nos grands *faiseurs* ont doucement rêvé.

Lorsque les Phocéens touchèrent ce rivage,

Le port n'avait alors aucun tracé d'ouvrage:

Ce n'était qu'une baie, un grand marais fangeux

Où les eaux de Jarret croupissaient sous les cieux.

Sans doute ils n'eurent pas, en abritant leurs barques,

L'indicible plaisir de faire des remarques,

Que tel marais un jour aurait le noble sort

D'être rendu par l'art un magnifique port,

Où les vaisseaux ancrés, à couvert de l'orage,

Mouilleraient au bassin creusé sur ce rivage;

Ils ne prévirent pas sans doute en ces moments

L'aspect qu'auraient ces lieux dans nos modernes temps,

Aventureux colons guidés par l'espérance !

Ils avaient trop à faire en cette circonstance :

Car rien n'était bien sûr dans leur commun destin.

L'avenir ne dit rien au présent incertain. . . . .

Abordant ce rivage ils ne savaient encore

S'il leur serait permis d'y saluer l'aurore,

D'y déposer les Dieux, objets de leur amour,

D'y fixer confiants un éternel séjour.

Pour nous qui jouissons d'une chance meilleure

En face des travaux que l'on fait à cette heure

Lions notre bonheur au ravissant plaisir

D'atteindre en nos pensers aux jours de l'avenir.

O Marseille apparais, apparais belle Reine,

Telle que tu seras en dépit de la haine,

Dans un siècle écoulé, quand les chemins de fer

Conduiront de ton port jusqu'à la grande mer ;

Quand les eaux du Canal, apportant l'abondance,

A pleins bords couleront du lit de la Durance ;

Quand ton aride sol, triste oasis de pins,

Aux regards n'offrira que de riants jardins;

Quand de tous les côtés surgiront des usines

Où mille fabricants, à l'aide des machines,

Obtiendront des produits dont l'abondant débit

Fera changer ton nom de ville de transit ;

Quand l'élégant Prado, par d'innombrables rues,

Se trouvera flanqué, percé de mille issues ;

Quand du vert Saint-Louis jusques à Montredon

De ton centre on verra s'étendre le rayon,

Alors de nombreux docks, des ports auxiliaires

A peine suffiront au flux de nos affaires.

Alors. . . Mais juste ciel ! il faut encor du temps

Et le temps, on le sait, chemine à nos dépens. . . . !

Oh! viens, sois avec nous, radieuse espérance,

Montre-nous l'avenir qui lentement s'avance :

Des ennuis du présent veuille nous soulager :

Parfois le positif est fait pour affliger,

Et bien que la sagesse assure qu'on ne gagne

Que des déceptions aux châteaux en Espagne,

Dans notre cas présent je crois qu'il est permis

D'anticiper un peu sur un bonheur promis.

N'est-il pas vrai qu'ici, sans plus de commentaire,

De restaurer le port on fait la grande affaire?

Qu'activement on veut mener à bonne fin
La régularité des quais de son bassin. .... .
Si la paix n'est troublée, en moins de six années,
On verra sur le port, beaucoup mieux ordonnées,
Les maisons s'aligner sur le même cordon.
Et non s'échelonner dans ce triste abandon,
Que nos anciens ont mis dans la première ligne
Qui va des Augustins jusques à la Consigne.....
Était-ce par prudence, ainsi qu'on le prétend,
Qu'on bâtissait pour mettre à l'abri du gros vent
Les navires du port?... Si c'est ainsi, je pense,
Nous allons à coup sûr manquer à la prudence,
Quand tout à découvert de l'un à l'autre bout
L'œuvre se montrera d'après le nouveau goût.
Je ne veux rien blâmer dans mon incertitude...
Je condamne des quais le peu de rectitude,
Et je trouve vraiment, qu'il serait bien fâcheux
Que pour le bien présent on ne pût faire mieux...

Ainsi donc ce vieux port, fameux dans notre histoire,
Qui du bon roi René conserve la mémoire,
Ce port dont tous les quais et toutes les maisons
Clochent, peut-être enfin pour de bonnes raisons,

6

Va devenir correct, comme une droite ligne

Du coin des Augustins jusques à la Consigne.

C'est très bien, et les quais, ornés de grands logis,

Couronneront les eaux de notre beau pays.....

Mais gare au dur mistral, le fléau de Provence,

Dont ces nombreux détours mâtaient la violence...!

Ancrés dans le bassin, les navires flottants

Seront-ils à l'abri du souffle des autans....?

Je ne sais, mais allons, le progrès nous appelle,

Allons d'un pas joyeux vers la chose nouvelle.

Qu'au gré de nos désirs Dieu prolonge nos jours!

Nous devons beaucoup voir, si nous ne restons courts.

Hâtez-vous d'attaquer, Messieurs, je vous en prie,

Ce coté que l'on dit la plus belle partie,

Où doivent resplendir les riches ornements,

La colonnade svelte et les grands logements...

Charmante promenade, à l'abri de la pluie,

Pour l'être qui chez soi maussadement s'ennuie,

Alors qu'il faut rester quand le temps n'est pas beau;

Car pour certaines gens, qui dit huis dit tombeau.

Du quai des Augustins droit jusques à la Bourse,

On vient leur ménager une agréable course,

A couvert de l'orage, à l'abri du soleil;

A Marseille on ne vit jamais un fait pareil.

Mais ce n'est pas là tout, outre ce beau passage,

On veut à ce qu'on dit faire encor davantage;....

On dit que le Commerce aura la faculté

D'avoir un franc charroi, libre et non contesté

Tout le long du bassin, ainsi qu'en Rive-Neuve;

C'est juste ce qu'il faut pour qu'à l'aise il se meuve,

Et ce n'est pas trop tôt; mais, enfin, prions Dieu

D'avoir longtemps la paix pour que la chose ait lieu.

Laissons, laissons agir, et nous verrons peut-être,

Si nous ne mourons pas, autre chose apparaître.

D'après des bruits divers, il semblerait encor

Qu'il est certain projet de faire un autre port.

On nous a bien donné celui du carénage,

Hôpital des vaisseaux malades de l'orage,

Des tempêtes, des ans; tout d'abord on le voit,

En entrant au vieux port, ici, du côté droit.

L'autre qu'on nous annonce est à la Joliette.

Le but qu'on se propose, au dire de l'enquête,

Serait qu'à l'avenir notre antique bassin
N'eût plus nul incendie à craindre dans son sein.
On doit y réléguer les bois et les fourrages,
Les soufres, les charbons, dangereux voisinages.....
En face du danger, qu'il a fallu du temps
Pour conjurer enfin tant de maux menaçants!

Quand ce port surgira, Monsieur Tian, je l'espère,
Contre maints conseillers n'aura plus de colère.....
On ne le verra plus, des dossiers sous le bras,
Porter dans les bureaux la guerre et l'embarras.....
Quoique de son humeur certains veuillent médire,
Je le tiens à coup sûr un homme dur à cuire :
Car lorsque tel projet, sous des dehors trompeurs,
Cachait l'avidité de maints entrepreneurs,
Par ses savants calculs attaquant l'imposture,
Il allait droit au fait sans peur et sans mesure;
Et déjouant l'intrigue avec un zèle ardent,
Il écartait le faux et prouvait l'évident.
Si la ville n'a pas un triste mur d'enceinte,
C'est lui qui lui porta la plus terrible atteinte.....
Contre la bande noire il fut bon champion,
Et souffla leur chandelle, ignoble lampion.

On ne peut calculer vraiment tout l'avantage

Qu'amènera bientôt un port dans ce parage.

Les quartiers délaissés de la vieille cité

Forcément renaîtront par leur activité;

Et s'il est vrai surtout qu'à Dieudonné l'on fasse,

Aux vaisseaux arrivants purger leur contumace,

Et que l'emplacement du morne Lazareth,

Soit au public livré pour un tout autre objet.

Tout ce terrain, dès-lors, verrait une autre ville,

Autour du port nouveau, si franchement utile,

Surgir incontinent et pour de beaux destins;

Car un port n'offre pas de succès incertains,

Comme il s'en montre à ceux qui font à l'aventure

Des boulevards, des cours....,. En telle conjoncture,

Étendre la cité pour bâtir des maisons,

Est un visible abus même pour les maçons.

Mais, quant à l'autre cas, je dois savoir me taire :

Que l'on bâtisse ou non, ce n'est pas mon affaire;

Je n'ai le mot à dire, et les entrepreneurs

En savent plus que moi, sur ce sujet; d'ailleurs

Le temps est un grand maître, et si la présente heure

Montre les quartiers neufs presque tous en demeure

D'offrir sur les maisons le placard indiquant

Qu'on attend le loisir du premier occupant,

Ce n'est pas un motif de perdre l'espérance

Qu'un jour tous ces quartiers auront meilleure chance,

Il ne faut pour cela qu'une augmentation

Qui porte au double et plus la population.

Sans cet accroissement, toutefois, on peut croire

Que notre *ville neuve* aura sa part de gloire;

Car un port est un centre où par l'activité

Le commerce retient les fils de la cité.

Or, lorsque de ce port l'œuvre sera complète,

Et que près du faubourg qu'on nomme *la Villette*,

Après avoir rasé les murs du Lazareth

Où la peste parfois trop près de nous paraît,

Dans son enceinte libre, une petite ville,

Faubourg improvisé, s'élèvera gentille;

Que du chemin d'Arenc on y pourra venir

Jusqu'à la Canebière, ensuite parvenir,

A la faveur d'un quai longeant le gai rivage;

Alors tout le fracas de l'assommant roulage

Qui triture le cours jusqu'à la porte d'Aix,

S'arrêtant, s'encombrant à ne finir jamais,

Cessera..... Dès ce jour, chacun pourra le dire :

Marseille reine est belle! et nous devons prédire

Que lorsqu'arriveront ces ineffables jours,

Sa gloire brillera jusqu'en ses carrefours.

ÉPITRE NEUVIÈME.

Paisible résolution. - 1842.

J'AI vu dans votre article (1), ô bon Monsieur LOUANDRE,
Que je ne suis qu'un sot, si je ne sais comprendre
Que je perds à rimer un temps bien précieux,
Et que pour mon bonheur je pourrais trouver mieux.
Oh! je me suis jugé d'après cette lecture :
Oui, je suis un grand sot; en cette conjoncture,
Au lieu de vivre en paix dans mon humble réduit,
De dédaigner surtout de faire quelque bruit,

(1) *Statistique littéraire*, Revue des Deux Mondes, 30 juin
1842.

Je viens imprudemment, épris de renommée,
Prendre, comme les Dieux, ma part de la fumée.
Gloire! noble tourment! pourquoi m'obsèdes-tu?
Pourquoi t'offrir à moi, telle que la vertu?

Dans votre statistique, ingénieux critique,
Votre argument serré refoule la réplique;
Ce que vous avancez impitoyablement
A la froide raison convient assurément.
Oui, c'est vrai, *plus que vrai*, tout ce que vous nous dites,
De la publicité les chances sont maudites,
Et pour s'en rendre digne il faut de tels efforts,
Que l'on doit tout au moins avoir le diable au corps;
Car lorsqu'il faut lutter contre l'indifférence
Pour tomber dans l'oubli, c'est une extravagance
De perdre son argent, son temps et son repos,
Et de rester sans maille et la peau sur les os.
Il est sûr que l'on peut charmer sa quiétude,
En tançant le public de noire ingratitude;
Mais c'est un peu naïf, attendu qu'on sait bien
Que lorsque le public d'une œuvre ne dit rien,
C'est que le cher auteur, malgré sa haute estime,
A manqué de talents; envers lui c'est un crime;

Pour l'ouvrage annoncé c'est un assassinat,
Dont l'auteur doit subir le triste résultat.
C'est un infanticide ; oui, je dois bien le dire ,
Et l'on a très grand tort de pester, de maudire ;
Le coupable est celui dont la prétention
Est d'élever trop haut sa réputation :
Pour être remarqué, quand on ne fait qui vaille,
C'est mettre sous ses pieds des échasses de paille.
Ah ! marchons terre à terre et mesurons nos pas ;
La gloire est difficile et bien rare ici-bas.

Quelquefois on peut bien, aidé par la cabale,
Tenir le bout du fil pour franchir le dédale ;
Si l'on paraît sortir de son obscurité,
Ce n'est pas pour marcher à la postérité.
On vous cite en passant, et cette belle aubaine
Souvent ne dure pas trois jours d'une semaine ;
Vous m'en donnez la preuve en soulignant des vers
Très-beaux, et dédaignés par ce public *pervers*.

Pervers tant qu'on voudra, de rigueur c'est le style,
Quand on veut soulager sa bonne part de bile ;
D'abord il est prouvé que l'on écrit beaucoup ;

Les lecteurs sont blasés, ils ont perdu le goût :
Tel auteur de nos jours, que le dédain accable,
Autrefois eût été fêté comme capable.....
D'un poème, aujourd'hui, nul ne fait mention,
Et jadis un sonnet obtenait pension.
Du présent au passé la différence est grande ;
Mais que faire à cela ? c'est le temps qui commande.
Laissons-le donc agir, peut-être un jour viendra
Que l'on produira moins, qu'on nous recherchera.
Voyez-vous mon orgueil ? comme il dresse l'oreille !
Comme il rejette au loin la leçon de la veille !
Du siècle c'est la fièvre, et pour les imprimeurs,
Comme l'on voit, ce sont supportables malheurs !

O mon charmant pays, qu'avec délices j'aime,
Malgré ton abandon, je chanterai, quand même.
Si tu ne veux me lire, eh bien ! moi, j'écrirai
Pour mon bonheur intime, et surtout je tairai
Mes reproches amers sur ton indifférence ;
J'écrirai sans l'attrait d'une douce espérance.
A la garde de Dieu je passerai mon temps,
A m'occuper de toi dans mes heureux moments ;
Et je vais de ce pas, pour inspirer ma verve,

Respirer la fraîcheur qu'on trouve à la *Réserve*.

Là, dans un coin chéri, je veux voir à mes pieds

La vague se brisant, gazer les graviers.

Qu'il est majestueux, ce trois-mâts qui s'avance,

Comme à la brise fraîche il cède et se balance.

Et ces sveltes bateaux, pêle-mêle empressés,

Comme ils sont gracieux, sur les ondes lancés !

Parfois de notre port, la trop petite entrée,

De leur nombre excessif paraît toute obstruée ;

Mais c'est un mouvement, une vie, un bonheur

Qui réjouit la vue et rafrîchit le cœur.

Ah ! vous ne savez pas, vous tous, nos jeunes hommes,

Que dans un temps, non loin de l'époque où nous sommes,

On eût le noir projet de le combler, ce port,

Et que Granet osa conjurer nôtre sort;

C'était un Démocrate à la tête exaltée,

Mais il était honnête, et son âme emportée,

Pour sauver son pays et défendre les siens,

Fit trembler le parti des fiers Languedociens.

Ils sont enfin passés, ces jours remplis d'orages;

Nous allons aujourd'hui sous de meilleurs présages :

Notre port s'agrandit; grâce à de bons travaux

Nos quais vont devenir plus vastes et plus beaux ;

A nos ponts voûtés même on ne fait pas de grâce,

On veut des ponts tournants occupant même place :

C'est très bien, le charroi marchera tout d'un trait,

Sans prendre de détours ainsi qu'il le faisait,

Pour éviter le pont que soutenaient des chaînes ;

Permis aux seuls piétons, promeneurs, gens de peines.

Ainsi donc, du canal au fort Saint-Nicolas

Les charrettes iront libres, sans embarras.

D'autre part nous allons, dans la Coutellerie,

Demi-carrefour vieux et frappé d'incurie,

Nous allons amplement démolir, aligner,

Afin que le charroi ne puisse plus cogner :

Car du logis *Morlet* jusques à la placette

Où Nel a magasin, mainte et mainte charrette

A failli dans sa marche atteindre le passant,

Toujours sauvé par Dieu dans ce péril pressant.

Oh ! Marseille ! Marseille !... Oh ! que tu seras belle,

Si du cœur de tes fils rien n'affaiblit le zèle.

Ah ! si les nations s'entendent pour la paix

On veut te rendre fière à force de bienfaits ;

On transporte chez toi les plaines de l'Asie,

Et le Russe et l'Anglais y vont de compagnie.

Unique rendez-vous, le centre est dans ton port ;

L'Inde y viendra chercher l'entrée aux mers du nord.

O Père *créateur !* faites que sur la terre

Le génie infernal ne souffle plus la guerre ;

Faites que les humains ne pensent qu'à bénir

Le présent, dans l'espoir d'un plus bel avenir !

ÉPITRE DIXIÈME.

La Montagne Bonaparte.

MESSIEURS, que pensez vous de ce mont que Paran

Embellit par les fleurs de chaque mois de l'an,

Où des bancs sont placés sous de frais lauriers-roses

Invitant vos loisirs à d'agréables pauses,

Alors que l'œil charmé du gracieux tableau

Qui se présente à vous, si simple, mais si beau :

Vous suspendez vos pas pour contempler, tranquilles,

Ce gai panorama bien rare en d'autres villes....?

Ce que vous en pensez...! Je le devine bien :

Des soins du bon Paran, vous ne vous dites rien.

Le site est ravissant...., mais les fleurs, la verdure

Dont on suit avec goût la savante culture

7

Sur un aride roc battu par tous les vents,
Ce site, à qui doit-il ses calmes agréments....?
L'agronome chargé de ce jardin factice,
Pour plaire aux citadins, fait plus que son office.
On voit qu'avec amour il songe à prévenir,
Sans égard pour les rangs, l'ombre du seul désir.
Il étale avec grâce auprès de sa chaumière
Tous les vases de choix de sa petite serre :
A l'aide d'un bassin où la pluie a mis l'eau,
Il vous donne en petit ce qu'est Fontainebleau.

Il est vrai qu'il n'a pas de bruyantes cascades,
De hauts arbres-touffus, voûtes des promenades;
Mais qu'importe cela, quand le ciel le plus pur
Montre au déclin du jour son ineffable azur,
Alors que de la mer arrivent les brisées
Pour rafraîchir du sud les vapeurs embrasées,
Que la brume du soir s'élevant doucement
Comme un rideau magique atteint le firmament,
Cache aux yeux indécis la ligne des montagnes
Et confond dans sa nuit les monts et les campagnes !
Le cercle réuni près de son frais logis
D'une belle soirée en sent-il moins le prix?...

Sans doute le bonheur, dans plus d'un cœur sensible,
Trouve en ces doux moments un abord accessible ;
L'aimable rêverie y vient par ses émois
Caresser maints chagrins, en alléger le poids.....
Eh bien !... dans ces instants d'exquise jouissance,
Je voudrais que l'on eût plus de reconnaissance,
Et que du vieux Paran, dont on ne parle pas,
On fît par gratitude un bien plus digne cas.

Très chers concitoyens, pensez donc qu'une ville
N'est, au fait, rien de plus qu'une grande famille,
Et que, sans déroger, on peut avec bonté,
Admettre les liens d'une humble parenté....
Pourquoi vos fiers dédains pour un simple bonhomme
Qui met tout son orgueil à n'être qu'agronome,
Qui, pour plaire au public, s'efforce chaque jour
D'embellir à l'envi son modeste séjour ?
On vous y voit venir, hauts seigneurs, belles dames,
Et vous aussi, petits, ensemble avec vos femmes,
Vous y venez chercher de l'espace et de l'air,
Admirer en passant les vagues de la mer.....
Vous y trouvez des bancs, œuvre de bonhomie,
Qu'a fait placer pour vous une personne amie,

Et puis des fleurs encor, dont le parfum , l'éclat
Captivent le regard et charment l'odorat,
Et vous en jouissez.... la chose est bien facile!...
Mais savez-vous, Messieurs, que le conseil de ville
A Paran n'a jamais, pour tous ces agréments,
Dit : mon ami, voici d'autres émoluments ?...
Du tout, Messieurs, du tout ; aux dépens de sa poche
Paran vous fait jouir, et c'est sans nul reproche.

Adonc accordez-lui, pour prix de ses bienfaits ,
Une place en vos cœurs, au gré de ses souhaits....
Si vous le chérissiez comme il demande à l'être ,
Le cher homme mourrait de son bonheur peut-être.
Mais non , laissez-le vivre, il est fait à l'ennui
De voir que le public parle si peu de lui...
Au reste, il s'en console en ayant de soi-même
Assez de bonne estime... et c'est justice extrême !...
On sent ce que l'on vaut, en dépit de tous ceux
Qui par l'ingratitude ont le tact d'être heureux.

Passez indifférens, passez femmes jolies ,
Suivez les frais contours de ces rampes fleuries,
Allez à votre gré sans trop songer à rien ,
Ou bien unissez-vous dans un simple entretien ;

Je vous suis pas à pas, moi rêveur solitaire,

Triste rimeur obscur, et qui devrais me taire,

Au lieu de consumer, ainsi que je le fais,

Le reste de mes jours à pourchasser la paix.

Oh! quelle sombre étoile a donc été la mienne

D'étouffer la raison qui veut que je m'abstienne,

Pour suivre aveuglément l'orgueil d'un faible esprit

Qui croit que pour charmer la volonté suffit!

Imprudent! c'est assez froisser les convenances,

Car trop parler de soi blesse les bienséances.

On jase à mes côtés; pour calmer mon humeur,

Je vais donc écouter; c'est le lot d'un flaneur.

On sait que bien des gens (je ne puis le comprendre)

A l'éclat de leur voix veulent se faire entendre;

Dans la rue, en public, au lieu de s'observer,

Il faut qu'ils parlent haut quoiqu'il puisse arriver.

Nombre de beaux diseurs auraient l'âme froissée

S'ils ne donnaient l'essor à leur moindre pensée;

Ainsi, sans mériter le titre d'indiscret,

Sans malice on peut bien jouir de leur caquet.

Un tout petit Monsieur, rondelet, tout en nage,

Le foulard à la main s'essuyait le visage,

Disant avec dédain qu'il trouverait bien mieux
Napoléon placé dans de tout autres lieux.
La ville ne doit rien à ce farouche maître ;
Sa place est l'arsenal, c'est là qu'il devrait être...!
Pour moi, s'ecriait-il, je tiens au fond du cœur
Des griefs souverains contre ce grand vainqueur.

D'ailleurs cette colonne, à la frêle apparence,
D'un soliveau debout a toute l'elégance,
Si bien qn'on croirait voir à distance un poteau
Où quelqu'un doit gemir placé sous l'écriteau.
Oh! oh! quel mot charmant! ce fleau du commerce,
Ce mars legislateur, comme je le transperce !
Non, non, point de colonne, il nous faudrait ici
Le tombeau de Kleber, un peu grand homme aussi.
Kléber n'a-t-il pas seul sauvé la pauvre armée
Qui sur les bords du Nil languissait affamée,
Tandis que, plus rusé, soignant son avenir,
L'autre n'avait qu'un but, ce lui de parvenir.

Ce discoureur fâcheux que le sarcasme excite
S'éloigne avec son groupe; un autre survient vite,
Et sans prétention, les bras tournés au dos,
J'écoute en cheminant d'autres piquants propos;

Cétaient de bons vieillards qui, dans leur marche lente,
Portaient des souvenirs la charge si pesante ;
L'un deux, sincère ami des modernes progrès,
Contre ses nombreux ans avait de vifs regrets.

Vous souvient-il des jours, dit-il, de la jeunesse,
Quand, sortant du théâtre épris d'une maîtresse,
Pour éclairer nos pas nous trouvions les *Gavots*.
Pataugeant dans la fange armés de leurs fallots?
Puis, ce fut un peu mieux : de mobiles lanternes,
Balançant dans les airs leurs réverbères ternes,
De la nuit trahissaient parfois les embarras,
En éclairant l'ornière ouverte sous nos pas.

Mais auriez-vous jamais prévu que la science
Vous donnât par le gaz ces feux en abondance
Dont l'éclat, répandant sur toute obscurité,
De la plus sombre nuit fait un jour enchanté ?
L'eclairage aujourd'hui n'aura plus de lacune,
On ne se règle plus sur les quartiers de lune,
Les feux sont éclairés dès l'instant que le jour
Baisse devant la nuit qui revient à son tour.

Ah...si l'on pouvait faire, en fesant tant de choses,
Qu'en secs quinauredons ne tombassent les roses,

Que l'homme, cuirassé contre les coups du temps,
Vécût toujours dispos sans redouter les ans...!
Eh bien! lui répondit un autre vieux du groupe,
Si l'on trouvait cela, votre grisâtre houppe
Reviendrait-elle noire? ah! ne le croyez pas,
Vous resteriez vieillard malgré tous vos débats.
Pour les jeunes, ma foi, ce serait belle aubaine;
Quand sous un sang bouillant s'épanouit la veine,
Qu'il est doux, mes amis, de respirer toujours
Dans l'âge radieux des ris et des amours.....!
A nous le radotage, à jamais et sans cesse:
C'est le triste attribut que porte la vieillesse;
Les jeunes bien souvent nous manquent de respect
En dépit de l'avis donné par notre aspect.
Que feraient-ils alors, s'ils avaient l'avantage
De vivre sans faiblir et sans redouter l'âge?
Nous n'y pourrions tenir, leurs quolibets fâcheux
Viendraient nous attaquer à toute heure, en tous lieux:
Car n'est ce pas subir toutes les infamies
Que d'être dénommés, perruques et momies
Par tous ces langoureux qui, grâce à leurs mentons,
Cessent de nous traiter simplement de barbons?

C'est vrai, dit en riant malgré sa toux rebelle,
Un troisième monsieur de la bande modèle,
On nous pourchasserait sans pitié, sans égards,
Pour réléguer bien loin les moroses vieillards:
Ne désirons plus rien, Dieu fit bien toutes choses,
Tout doit avoir son temps, les hommes et les roses.
Un autre répondit, mais je n'entendis pas
La tête de ce groupe ayant hâté le pas.

Je n'en eus pas regret, car par mon caractère,
Quoique grave parfois, je suis d'humeur légère,
Et la variété même me plaît beaucoup,
En conversation, c'est mon intime goût....
Mais chut! voici venir un frais essaim de Dames
Entre elles chuchotant sur les plus douces gammes.
O sexe gracieux! le plus moreuse cœur,
Alors que tu parais médite le bonheur....!
Un bonheur tout divin! puis, il faut bien le dire,
Vient la déception, de tous nos maux le pire.
Oui, femme jeune et belle, un cœur bien amoureux,
Trouve un être dans toi fait par la main des cieux
Mais cela dure-t-il....? Non, bientôt les caprices
Lui font connaître enfin que tout n'est pas délices,

Et même la beauté qui fixe les amours,

Pour plaire au même objet, la garde-t-il toujours?

Il est vrai qu'un lion, à soyeuse crinière,

Reçoit aussi des ans sa part de l'étrivière:

Tout passe et promptement, ainsi le veut le Ciel

La lune rousse touche à la lune de miel.

Mais laissons à leur gré passer ces belles dames,

Laissons-les emporter nos soupirs et nos flammes.

Ecoutons: ces messieurs sur leurs pas attirés

M'ont tout l'air de bourgeois, paisibles désœuvrés.

Remarquez, dit l'un deux, cette vapeur épaisse,

Qui plane sur le port dont le bassin s'affaisse,

Et regardez les eaux de ce célèbre port;

On les croirait, ma foi, venir du sombre bord.

A leur noire couleur, on dirait la nacelle

Du terrible nocher à l'ardente prunelle,

Et les milliers de mâts, pêle-mêle élancés,

D'un infernal marais semblent sortir pressés.

On dit en ce moment qu'une pompe affluente

Au loin rejettera l'onde affreuse et puante,

Et que ce mécanisme, en manœuvrant sans fin

Plus pures maintiendra les vagues du bassin.

Heureux nouveau projet! s'il faut que tu nous trompes,
J'y consens, mais pourvu que ce soit avec pompes....
Ce pauvre calembourg fit rire les bourgeois,
J'en ris moi-même un peu, j'en avais tous les droits.
Et puis, ces discoureurs, allant d'un pas tranquille,
Furent bientôt suivis par d'autres à la file.

Au nom de Monsieur Salze, homme que j'aime bien,
Je me vis au courant du nouvel entretien;
On parlait du jardin que ce savant dirige,
On le trouvait petit et loin d'être un prodige:
Plus d'une plate-bande, au lieu d'avoir des fleurs,
N'a même pas de l'herbe; aux yeux de ces frondeurs,
La rouilleuse étiquette est seule permanente,
Témoignant par écrit l'absence de sa plante.
Il est vrai que l'ombrage est sous les frais arceaux
Qui verdoyants, fleuris forment de gais berceaux.
Mais qu'est ce que l'ombrage auprès d'un sec parterre
Ou l'en voit sur deux rangs les vases d'une serre?
L'ombrage a bien son prix, mais la chose irait mieux,
Si plus de fleurs partout réjouissaient les yeux:
Monsieur Salze (les sots!) ne nous fait rien qui vaille:
On dit que la science est son fait, je m'en raille,

On vient pour visiter des plantes et des fleurs,
Et l'on ne trouve rien... Oh! les facheux hâbleurs!
Je trépignais d'ouïr, d'une façon si crue
Dauber un bon savant...... mon âme était émue:
O brave Monsieur Salze; allons, consolez-vous,
Jamais un sot n'obtint de faire des jaloux....!

J'entendis bien encor dire avec complaisance
Que Paran, l'agronome, avait dans l'espérance
Que la ville acquerrait, au delà des remparts,
Quelques terrains pierreux bornés de toutes parts,
Et que son grand projet était de tout abattre,
D'attaquer le rocher, et puis de se rabattre
Sur des plantations propices à ces lieux,
D'improviser enfin un beau parc spacieux,
Où le pin, le genêt, le cèdre, et la bruyère
L'iris et l'aloés, et la rose et le lierre,
Avec art disposés en des sites choisis
Eussent formé là-haut une agreste oasis.
Là, dans ce lieu sauvage autant que romantique,
On aurait de Paran vu le toit domestique
Joyeusement surgir au revers d'un vallon,
Ayant pour les amis toujours son frais salon:

De même on aurait vu, sur l'antique modèle,
Un petit temple grec, rappelant la chapelle
D'un Saint Jerôme hermite apparaissant parfois
(Surprise de plaisir !).... dans le massif d'un bois.
Puis encor des vallons, un riant paysage,
Et des bosquets de pins au tiéde et doux ombrage;
Puis la variété qui charme et plaît toujours,
Et les molles fraîcheurs et les calmes contours.

Le bonhomme Paran, niché de cette sorte,
Se serait cru gardien de la céleste porte;
Et pour qu'en la cité chacun vantât son nom,
Il eût rendu ce lieu digne d'un grand renom.
Mais on a refusé..... la ville y perd sans doute,
C'est encor du progrès s'interdire la route;
Ah! s'il eût obtenu l'objet de ses désirs,
Que n'aurait-il pas fait pour choyer nos plaisirs.....!
Et notre discoureur, que le babil entraîne,
Parlant du cher Paran jusques à perdre haleine,
Aurait alors voulu qu'ainsi que le dieu Pan,
On eût dans un bosquet vu figurer Paran
Créateur, protecteur et souverain modeste
De tous les agréments de ce séjour agreste;

Et la posterité devant son piedestal
L'aurait salué roi du règne végétal.
Ainsi soit-il! me dis je, aussi bien est-ce l'heure,
Sans plus de vains propos, de gagner ma demeure.

Août 1842.

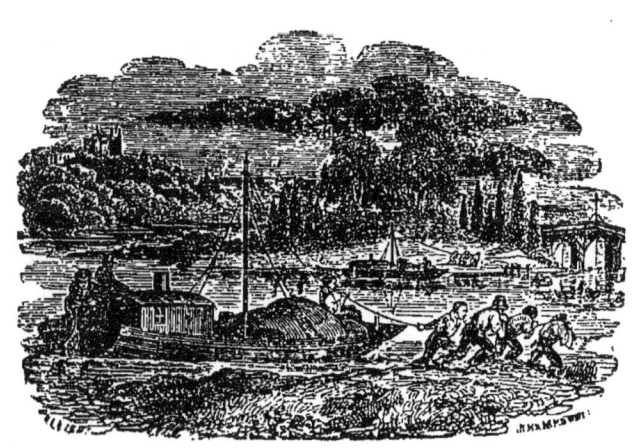

ÉPITRE ONZIÈME.

Une boutade au sujet d'une prévision.

Oh! je suis aujourd'hui pris d'une telle humeur
Que je me sens bondir l'aigre sarcasme au cœur;
Je voudrais habiter dans une solitude
Pour donner libre cours à mon inquiétude,
Et ne plus voir des gens dont l'esprit malheureux
Se plaît à ne rêver qu'un avenir fâcheux.
Du train dont nous allons, disent ces noirs prophètes‘
Nous attirons sur nous la trombe des tempêtes;
La fin des grands progrès, c'est la confusion,
L'excès du bien produit la désolation.
La paix, si favorable au bonheur de la vie,
Par la peste est toujours fidèlement suivie;

Quand Dieu ne résout pas dans ses secrets desseins
D'appeler aux combats les masses des humains.
Nous sommes trop nombreux, vont criant ces ignares,
Nous nous dévorerons ainsi que des barbares:
L'industrie et le sol ne pourront plus fournir
Le pain quotidien des jours de l'avenir.
Ainsi tout périra, la guerre, la famine
Des peuples étonnés causeront la ruine......

Pour parer à ces maux, si tristes à prévoir,
Une société d'hommes de grand savoir.
S'occupent, nuit et jour en vrais enthousiastes,
A refaire des temps la vieillesse et les fastes;
L'or n'aura plus de prix, l'échange des objets
Formera le commerce, exempt des vieux méfaits:
On ne distinguera ni richard ni canaille,
Tous auront le froment et nul n'aura la paille;
Les familles verront les arides graviers
Enrichir de blés mûrs leurs paresseux greniers.
Plus ne sera besoin de défricher la terre,
D'aller aventureux vers une autre hemisphère,
Afin de découvrir quelques recoins déserts
Caché dans l'inconnu de ce vaste univers,

Et, pouvant procurer aux villes populeuses
Une issue au trop plein qui les rend malheureuses,
La terre produira comme en se récréant :
L'homme ne sera plus qu'un heureux fainéant.
Oh ! le beau siècle alors ! quand pour une chaussure
Les rares cordonniers se paîront en nature......!
Quand les champs, les ravins et les stériles monts
Seront couverts d'épis jaunis pour les moissons.
C'est là qu'on vous attend, riches propriétaires,
Grands acquéreurs de biens, fléaux des prolétaires ;
Vous aussi, fabricants, qui dans vos ateliers
Retenez sous vos lois un peuple d'ouvriers ;
Avec un pain facile, espérez donc encore
Voir le pâle artisan debout avant l'aurore !

Au reste, il est certain que si notre pays
Voit le sucre couler des plantes de maïs,
Le blé mûrir tout seul et sur la roche nue
Comme au sillons tracés par l'antique charrure,
Si la vigne à son tour, grâce à des soins nouveaux,
Nous donne des raisins plus dorés et plus beaux,
Le bonheur sera grand pour la famille humaine :
Chacun alors pourra, sans fatigue et sans peine,

Fournir à ses besoins.... mais hélas! je crains bien
Que cet âge rêvé par le Phalanstérien,
Malgré de beaux calculs, ne soit qu'une utopie
Qu'une raison brutale appellerait folie; .
Car il est avéré que la société
N'a de bonheur certain qu'en la propriété :
Cette communauté dont Fourrier fair parade
Tend à l'anéantir. L'humanité malade
N'a que faire, Messieurs, d'un remède trop fort
Qui, loin de la guérir, lui donnerait la mort.

Pareille question ici n'est pas en place,
Et pour la bien traiter il faudrait plus d'espace :
Si l'univers est riche en étonnants progrès,
La paix en est la cause, une féconde paix!
Si le Phalanstérien trouve que la nature
Peut amplement fournir à notre nourriture, !
Cet espoir me sourit, mais je n'approuve pas
Ce qu'il dit du commerce, âme des grands états.
Que le commerce tombe, adieu la paix du monde,
Adieu cette unité, merveilleuse et féconde......!
Non, je n'écoute plus ces rudes discoureurs
Qui ne font entrevoir que de fâcheux malheurs,

Et pour les éviter je veux d'un pas agile

M'enfuir et me cacher dans un recoin tranquille;

Car il me semble avoir à mon dernier talon

Les vagues de la mer où périt Pharaon......

Gare à moi! juste ciel, sauvez-moi de l'abime.

Ecouter des bavards est-ce donc un grand crime.....[1]

Comme un bruit effrayant du choc des grandes eaux

Me glace d'épouvante et fait craquer mes os,

J'entends une rumeur rauque et tumultueuse

Froisser de mon tympan la fibre chatouilleuse.

Ce bruit, amas confus, plein d'agitation,

Me trouble étrangement l'imagination.

Au diable! les conteurs de tant de balivernes

Qui du soleil mettraient les rayons en lanternes.

Ce sont d'habiles gens, pour qui l'humble repos

Est chose insurpotable et le comble des maux.

L'agglomération concentrée en nos villes

Prouve que de nos champs désertent les familles;

L'agriculture chôme, et de son embarras

On veut la soulager en suppléant au bras;

C'est agir sagement, Messieurs de la Phalange,

Car il faut, avant tout, que le bon peuple mange;

Mais dans les ateliers les bras manquent encor.....!

Les bras manquent partout; où donc a pris l'essor

La population, objet de tant de plaintes,

Qui sur notre avenir excite tant de craintes?

A l'œuvre si les bras font aujourd'hui défaut,

Aurions-nous des oisifs plus qu'il ne nous en faut?

Que sert de déplorer le nombre des machines

Qu'au détriment des bras l'on voit dans les usines,

Alors qu'il est des ours qui se garderaient bien

De travailler pour vivre? il leur faut tout ou rien.

N'est-ce pas, mes amis que rarement on trouve

Les bras croisés. celui que la misère éprouve?

Lors donc que le travail est libre à tout venant,

L'être qui ne fait rien est un franc fainéant;

La cncourrence est grande, eh! voyez, je vous prie,

Combien immense et grande est aussi l'industrie.

Ah! créons nous des ports et des chemins de fer,

Sous l'ardente vapeur faisons blanchir la mer,

Et ne redoutant plus, de vaines catastrophes,

Gardons-nous des discours de certains philosophes,

Ainsi que du penchant à rêver le bonheur,

En menant sans travail leur train de grand seigneur.

Et puis, déterminons ce qu'est une fortune !

De règle à ce sujet, on n'en connaît aucune,

Plus une honnête audace accomplit de succès,

Plus les désirs de l'homme aspirent au progrès !....

Septembre 1842.

ÉPITRE DOUZIÈME.

Un Mot sur le caractère marseillais.

La mission de l'homme est triste sur la terre :
S'il cherche le plaisir, il ne le trouve guère ;
Si parmi ses égaux il veut se faire un rang,
Il n'y parvient jamais sans s'échauffer le sang.
Et qu'est-ce que le rang que convoite l'envie !....
Qui jette tant d'ennuis sur une pauvre vie ?
Au faîte des grandeurs quand on est parvenu,
En est-on moins mortel ? ne naît-on pas tout nu.....?
Que sert à l'homme aussi cette soif de richesse
Qui fait que le repos nous échappe sans cesse,
Que les jours et les nuits pour les ambitieux
Sont des tourments sans fin, creusant l'âme et les yeux?

Pour n'être plus un jour qu'un peu de pauvre-cendre,
Bien haut, bien haut montés, il nous faudra descendre.
Ces trésors amassés avec acharnement
Finiront par payer un bel enterrement.
La fin couronne l'œuvre, allons donc à l'ouvrage,
Messieurs les enrichis, on veut vous rendre hommage!
Chacun vous saluera lorsqu'entourés de deuil,
Vous passerez cachés dans un pompeux cerceuil.

Pour moi, bien plus heureux que vous n'êtes sans doute,
Éloignant les pensers et le deuil de l'absoute,
Je voudrais rajeunir encore pour vingt ans
Et goûter à loisir les faits de notre temps.
Vous voyez qu'entre nous, ce n'est pas même chose:
Nos soucis respectifs diffèrent dans leur cause.
Vous vieillissez sans fin, et vous ne pensez pas
Qu'il faudra tout laisser au moment du trépas;
Les honneurs, la fortune, à l'heure solennelle,
Pour l'homme qui s'en va ne sont que bagatelle,
Veuillez donc y penser, vous serez plus heureux,
Vos soucis changeront et deviendront des jeux.

Advienne que pourra; laissons nos doléances,
Faisons trêve aux rigueurs des moroses sentences.

Tâchons de nous distraire en songeant toutefois
Que la mort nous retient sous ses puissantes lois;
Ne brusquons rien surtout, car notre caractère
Messieurs les Marseillais, se plaît dans la colère;
Nous sommes d'une humeur irritable à tel point
Que le meilleur parfois ne se reconnaît point.
De cette brusquerie on nous fait un grand crime,
C'est pour nous le sujet d'un dépit légitime,
Un moment, s'il vous plait.—Quand l'étranger chez nous,
Dans son tact mesuré, se montre honnête et doux,
Nous en sommes ravis, nous aimons son langage,
Pour atteindre à nos cœurs il s'ouvre un sûr passage;
Nous sentons s'émouvoir notre hospitalité
Par cette politesse où règne la bonté. . . .
Mais cela dure-t-il. . .? un peu de patience.. . .
L'excès de courtoisie engendre méfiance:
Cela nous gêne enfin, nous hommes tout d'un bloc,
Et pour en terminer nous allons droit au choc.

Notre franchise est dure, abrupte, il faut le dire;
Les fourbes sont polis, gracieux, prêts à rire...
Aussi, nous Marseillais, quoique fâcheux, brutaux,
En fait de loyauté, n'avons-nous pas d'égaux. . .

Nous le pensons du moins. Mes chers compatriotes,

L'illusion est grande et même des plus sottes,

Car si nous voyageons hors de nos beaux climats,

En France, on fait de nous, hélas! bien peu de cas.

Sur tout notre pays l'amer sarcasme tombe

Les quolibets fâcheux pleuvent comme une trombe :

C'est un amas, dit-on, de sauvages humains,

A propos offenseur, à rudoyantes mains...

Tous êtres incivils, ignorants et colères,

Qui sans trop de couroux blesseraient pères, mères,

Au risqne de pleurer, alors qu'il n'est plus temps,

Le mal qu'ils auraient fait dans leurs emportements.

Est-ce bien là, morbleu! tout ce qu'au vrai nous sommes?

Marseillais, nous serions de misérables hommes ;

Certe, il est affligeant qu'on ait un tel penser :

Le préjugé sans doute est fait pour offenser ;

Mais voyons, car il faut, afin de nous connaître,

Si nous le désirons, scruter la chose en maître.

Pour nous étudier, n'épargnons aucun soin :

Entrons dans les détails, nous en avons besoin.

Allons dans les cafés où l'on voit à toute heure

Des gens que le plaisir semble attendre à demeure,

Qui pour user du temps et pour en abuser,

Autour d'un marbre blanc se mettent à causer.

Entrons en inconnu, voyez-vous les figures

Qui se tournent vers nous ? oh quels fâcheux augures!

Être inconnu, mon Dieu! le crime est capital,

Tous ces habitués à notre aspect sont mal. . . .

Ce n'est rien. :. demeurons, notre persévérance :.

Les forcera bientôt de reprendre assurance. . .

Ecoutez. . . . . les voilà, jasant et s'égayant

Autour de maints joueurs, point central attrayant.

Mais un mot, un seul mot, sentant la raillerie,

Un mot sous la couleur de la plaisanterie,

Mal reçu d'un des leurs, met en ébranlement;

Ce lieu tantôt témoin d'un simple amusement.

Ah! vîte éloignons-nous, par respect pour nous-même,

Laissons ces gens pousser les choses à l'extrême,

Manquer de bienséance et montrer à chacun

Qu'un irritable esprit n'a pas le sens commun.

De ce café sortons, et passons dans un autre :

On parle opinion . . . . Oh! malheur si la nôtre

N'est pas sur le bon pied en cet endroit public :

Nous serions mal venus près de maint porc-épic.

Laissons-les donc parler, et déployer à l'aise
Les arguments fâmeux qui font mousser leur thèse;
Mais ils sont en discord.... parbleu, je le crois bien:
En fait de sentiment, chacun est pour le sien....
Voyez tous ces regards où se peint tant de haine,
Entendez les discours que l'on comprend à peine:
Que de propos choquants! quel ton provocateur.....!
On se battra sans doute; ah! c'est blessant au cœur.
Chacun le sait trop bien, en l'époque où nous sommes
Il ne manque sujet pour diviser les hommes;
Mais après tout enfin, que veut-on....? S'égorger..
Dieu d'amour! Sauvez-nous d'un si cruel danger.

Oh! de grâce, sortons, allons en promenade,
Gardons d'être temoin de pareille incartade....
Eh....: qu'est-ce que ce groupe..? On s'y dispute encor.
Notre ville vraiment n'est pas dans l'age d'or !
Mais qu'est-ce donc....? ce sont dé toutes jeunes filles
Qui fraîches à ravir, espiègles et gentilles,
Ont par leur moquerie aiguisé le courroux
De quelques lourds rustauds qui font jaillir les coups.
C'est dégoûtant, ma foi! qu'en notre grecque ville,
Il nous faille si peu pour nous troubler la bile;

Nous sommes toujours prêts, et grand n'est l'embarras,
Pour expliquer les mots à la force des bras....!

Mais ce sont là des gens de sauvage nature?
Volontiers j'en conviens, et ce serait injure
De ne pas ajouter que l'éducation
Adoucit l'âpreté, bride la passion....
Notre monde bien né, noblesse et bourgeoisie,
Exhalent un parfum de bonne compagnie;
Malgré les airs pompeux et l'extrême raideur
Qu'ils prennent faussement pour des airs de grandeur.
Soyez pourtant bien sûrs que malgré l'apparence
Qui ne fait voir en eux que tact et que décence,
Leur sang bouillonne aussi dans mainte occasion,
Et qu'on les voit céder à l'irritation.

Enfin, chacun le sait, bien souvent au théâtre
La discorde en fureur pour un rien vient s'abattre:
Si quelque jeune actrice, aux honnêtes appas,
A payé d'un refus tel ou tel de nos fats,
Nos Messieurs du bon ton, brochant sur la cabale,
Si même ils n'en sont pas, font retentir la salle:
Le naturel du lieu survient au grand galop,
Et ce qu'il en advient, on ne le sait que trop.

Pour juger sainement du peuple d'une ville,
Les masses offriront un signe indélébile;
Car l'education, palliant les défauts,
Cache le naturel à nu chez les rustauds.
Chez nous tout est bruyant, d'instinct et de manie,
Et nous connaissons peu la douce sympathie.
Qu'une fête du lieu nous rassemble en un point,
En foule nous courons; mais pour de l'ordre, point.
Nous allons nous pousser, nous presser pêle-mêle,
Souvent nous insulter pour une bagatelle,
Nous fatiguer en vain, brusques et malveillants,
N'ayant pas d'autre but que de passer le temps.
Comme des ennemis qu'a désarmés la trêve,
Le repos nous tourmente, et quand un bruit sélève,
Ainsi que des badauds, égoïstes, sans cœur,
Nous nous trémoussons d'aise à l'aspect d'un... malheur.

Pour moi, je suis fâché de ne pouvoir le taire,
Le grand nombre chez nous est de ce caractère,
Tout en faisant la part d'honnêtes gens de bién
Dans la foule perdus, ne se mêlant de rien,
Circulant doucement sans offenser personne,
Mais dont le naturel, sitôt qu'on l'aiguillonne,

Se renflamme soudain, ardent et furibond,

L'œil hagard, furieux, au regard de dragon.

Nous sommes ainsi faits, qu'on nous loue ou nous raille,

Les sommités, les grands, ainsi que la canaille.

Nous sommes à l'excès, irritables, bourrus,

Sans agréments, mais non sans solides vertus.

Oh! je n'ai pas tout dit sur notre caractère:

Je me propose encore, au risque de déplaire,

D'en poursuivre l'étude avec l'espoir flatteur

De rencontrer au moins un franc approbateur.

Les fleurs ont leurs parfums, les hommes leurs pensées,

Mais le parfum des fleurs, quand elles sont passées,

Ainsi qu'une ombre a fui dans la masse des airs.

Les hommes, au contraire, en dépit des revers

Ici-bas infligés à leur pauvre nature,

Transmettent leurs pensers à leur progéniture;

Et la tradition guidant le genre humain

Fait que le temps ancien donne au nouveau la main

Ou se rit du passé dans l'époque où nous sommes,

Qui donc vous a créés, ô nos petits grands hommes..?

Que pourraient nos travaux merveilleux et féconds,

Si d'autres avant nous, n'en ussent fait les fonds...!!!

Peu de chose vraiment... mais notre suffisance

Rend plus léger le poids de la reconnaissance :

De fait l'ingratitude est dans nos attributs :

Mais, comme intéressé, je n'en parlerai plus...

Amis, l'humanité vient de nature vaine....

Peu m'importe après tout, et ce n'est pas la peine

Que l'avenir m'ignore; il n'est pas fait pour moi :

J'écris pour mon plaisir, du moins j'ai cette foi.

1842.

TREIZIÈME ÉPITRE.

———————

La Rancuneuse.

DÉDIÉE A QUI DE DROIT.

&-&

IMPASSIBLE Public qui, dans notre Marseille ,
Va comme ce baudet qui , cheminant , sommeille
Tout absorbé qu'il est du bruit du tintement
De sa clochette au col qu'il met en mouvement ;
Et qui ne fait de cas d'aucune chose au monde,
Tant son indifférence est gravement profonde.
Dis-moi , gentil public , connais-tu la valeur
Des vrais délassemens de l'esprit et du cœur?.....
De quoi t'occupes-tu, pour charmer ta pensée,
Aux loisirs dont souvent la vie est espacée?.....
En fait d'instruction , crois-tu n'avoir besoin

9.

Que d'aller t'en pourvoir vers l'affiche du coin.
Le gratis est commode et tout de convenance.
C'est un fait gracieux pour ton outrecuidance....
Qu'importe le poème ou l'épître du jour,
S'il faut qu'il ait un prix , ton genre est d'être sourd.

Garde donc ton argent , serre ton escarcelle
Que pleine soit ta bourse et non pas ta cervelle ;
Va ! c'est le bon moyen d'avoir l'esprit bien fort....
Lorsque l'on a chez soi des coffres remplis d'or.
Par la prévention laisse-toi toujours dire
Que Paris seul a droit de te donner à lire ;
Encore avise-toi , sois prudent , circonspect ,
Paris , mon cher public , parfois est très suspect.
Il faut te défier de ces nombreux images ,
Sotte illustration pour de vulgaires pages ;
Mais tu n'as pas besoin de mes faibles avis ,
L'économie en toi maintient le sens rassis.
J'ai dit l'économie, et crois que l'ignorance
Entre aussi pour beaucoup dans ta vague indolence ;
De l'ennui qui t'obsède et te poursuit partout ,
Ami , tu ne fais rien pour en venir à bout!.....

As-tu quelque plaisir dans la froide apathie
Qui d'un fâcheux dédain te donne la manie....
Quand de ton mol esprit, nul écrit inventé
Jamais ne peut tenter la curiosité?.....
Le positif te plaît, mais non de vaines phrases ;
C'est juste, ton bonheur veut de solides bases ;
Il te faut des calculs pour te mettre en émoi ?
Eh bien ! calcule, compte et met dans l'or ta foi ;
Et quand tu seras riche en seras-tu moins bête
Pour n'avoir jamais eu que des chiffres en tête?
Crois-moi, l'heureux mortel doté comme un Crésus
Ne fait que végéter, s'il n'a que des écus.
O cupide public ! n'es-tu qu'une machine?
N'es-tu qu'un corps sans ame et d'obscure origine.
Dieu fut ton créateur, ne le sais-tu donc pas?....
Pourquoi, venant des cieux, te maintenir si bas!!...

C'est par l'instruction que l'homme a des pensées
Dignes de son mandat ; honteusement chassées
Par la cupidité, c'est dans l'abaissement
Qu'il végète et languit jusqu'au dernier moment.

Va, sot 'public! on sait, sans la philosophie,
Que lorsqu'on n'est rentier, il faut gagner sa vie.
Mais le temps manque-t-il à qui veut l'employer
Lorsqu'il en reste autant à qui peut s'ennuyer?.....
Oh! ne prétexte pas que tu crains la dépense,
Ta gêne est équivoque et non ton ignorance!!...
Ta bonne volonté se refuse à l'auteur
Qui met devant tes yeux son livre et son bonheur.
Aux lieux de sa naissance on n'est jamais prophète!
On l'a dit et c'est vrai, qui l'ignore est bien bête...
A qui ne veut entendre, envain les carillons
Font retentir les airs de leurs terribles sons!,..
Pour un compatriote on bouche ses oreilles,
Froidement on regarde et l'on baille aux corneilles,
Oh! quel honneur, ma foi, pour la grande cité
Dont l'esprit fut jadis par l'histoire cité.......

Nos riches élégans, si jaloux de bien faire,
Quand ils vont par hazard visiter un libraire,
Demandent la brochure, œuvre du grand Paris;
L'auteur provincial est à leurs yeux sans prix....
Pauvre auteur dédaigné dont les coupables rimes

Ne coûtent cependant que cinquante centimes,
Et dont on ne veut pas parce qu'on appelle chèr
Ce que gratis sans doute on daignerait toucher.
Quelle fatalité, de trouver l'apathie
Quand rien ne plairait tant qu'un peu de simpathie !
En province, un auteur, par sa prose et ses vers,
Est toujours regardé comme esprit de travers.
On ne le comprend pas ; l'ouvrage de ses veilles
Est un enfant perdu dont on n'attend merveilles ;
Ceux qui le comprendrait pensent qu'il est urgent
De connaître avant tout le prix de leur argent.

Va, public marseillais ! dont l'esprit est malade
Toi, qui pour son gratis, aime la promenade ;
Va, suis ton doux penchant ! loin de te condamner,
Écoute mon conseil : cours, va te promener.

Cependant à l'aspect du mouvement immense,
Sublime avant-coureur de l'ère qui commence,
Pourrais-tu rester froid sans daigner t'émouvoir

Par le moindre désir d'apprendre et de savoir ,

O public d'artisans ! rien ne sait plus te nuire

Que ton éloignement pour ce qui peut t'instruire :

Tout marche autour de toi ; resterais-tu planté

Comme un therme au milieu d'une grande cité ?

De tout ce qui se fait as-tu la conscience ?

Tout prospère , vois-tu , par l'ordre et la science :

Notre ville se double ; on rajeunit les lieux

Qui sous la main du temps étaient devenus vieux ;

D'une part on détruit, de l'autre on édifie ,

Et ce travail plaît fort à la philosophie ,

Partout on se fait place ; il semble qu'on entend

Les pas de l'âge d'or que notre siècle attend !......

C'est le phalanstérien , qui pour charmer la foule ,

Lui promet gravement pour chaque jour la poule

Qu'elle ne mangera qu'après avoir passé

Par le noir labyrinthe où l'ordre est renversé !.....

Pour prévenir les maux d'une telle conduite ,

La sagesse effrayée appelle le jésuite ;

A leur tour , les savans , entre tels champions ,

Luttent pour garder l'ordre au sein des nations.

Qui nous préservera d'un progrès qui s'annonce

Au nom d'un cataclysme ?... Oh ! pour toute réponse

Construisons-nous des docks, élargissons nos ports ;
Sauvons notre avenir par de puissans efforts ;
Malgré les incompris, dont notre temps abonde,
Comptons sur le bon sens pour le bonheur du monde.

30 Octobre 1843.

Fin.

Marseille. — Imprimerie SENÉS, rue de la Darce, 29.

www.ingramcontent.com/pod-product-compliance
Lightning Source LLC
Chambersburg PA
CBHW051549280626
47162CB00021B/1647